BESRA ODE

ZEPHIROS TASCHE

Ein wundersamer Umweg

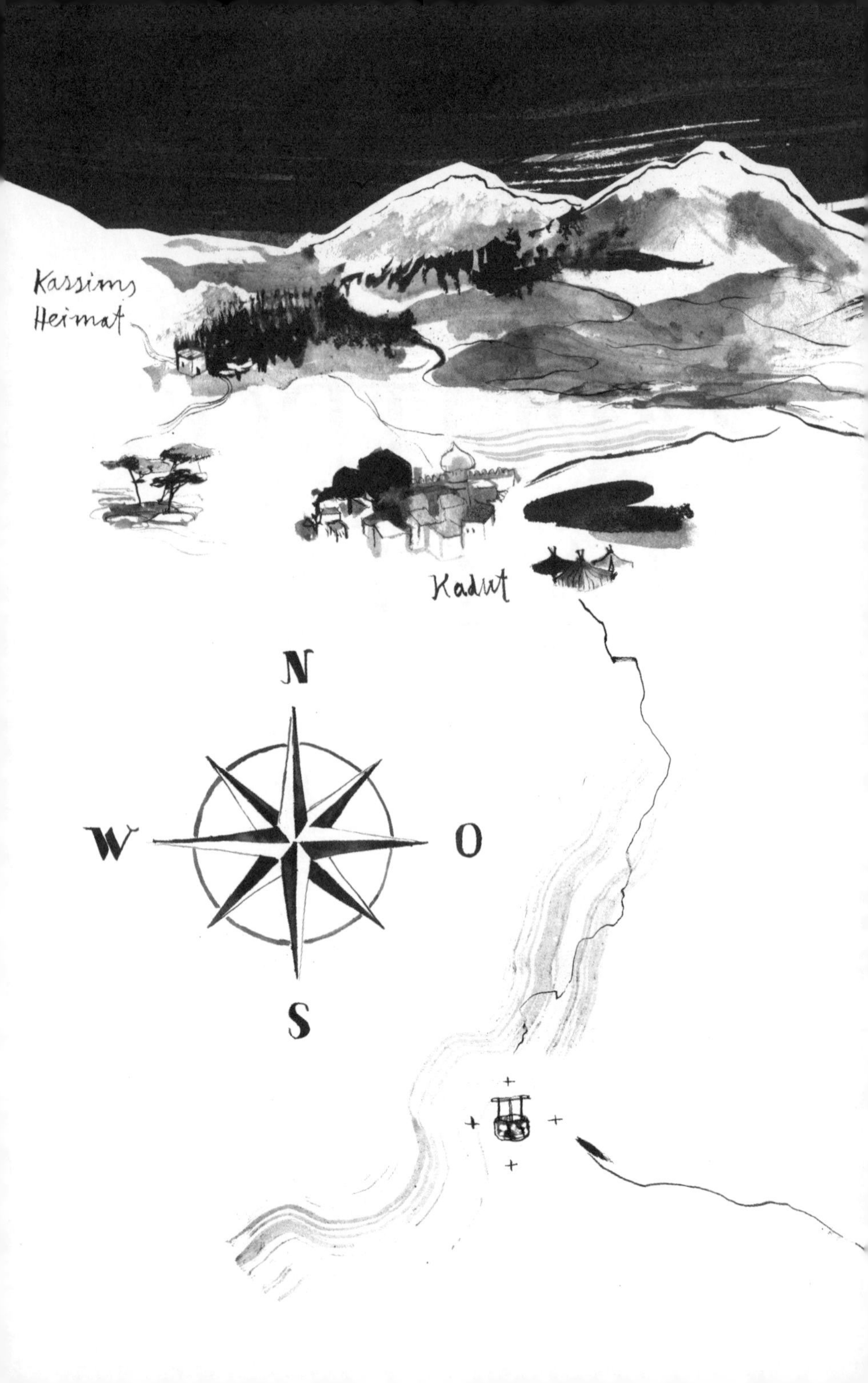
Kassims
Heimat
Kadut
N
W
O
S

Meside
Jesole

Besra Ode (Autorin)
1970 im badischen Lörrach geboren, hat an der Universität Basel in Wirtschaftswissenschaften promoviert. Nach mehreren Auslandsaufenthalten, unter anderem in England, Island, Italien und der Mongolei, lebt sie heute in der Schweiz und arbeitet für verschiedene soziale Institutionen als Projektleiterin. Seit 2017 ist sie nebenberuflich als Erwachsenenbildnerin und als Lehrerin für Deutsch als Fremdsprache tätig.

Sonja Müller-Späth (Illustratorin)
wurde 1987 in Mainz geboren. Während ihrer Ausbildung zur Modedesignerin in Mannheim entdeckte sie ihre Liebe zur Illustration und setzte ihr Studium an der Münster School of Design mit dem Schwerpunkt Illustration fort. Heute arbeitet sie in Koblenz als freiberufliche Illustratorin. Auf dem Papier provoziert sie gerne unberechenbare Fehler und ist immer auf der Suche nach glücklichen Zufällen. Denn oft sind es diese kleinen Makel, die unsere Augen faszinieren und den Bildern ihren ganz eigenen Ausdruck verleihen.

Wenn du dich selbst
Und jemanden anderen
Als ein Wesen siehst,

Wenn du den freudigsten Tag
Und die schrecklichste Nacht
Als denselben Moment erkennst, dann

Ist das Bewusstsein
All-Eins.

Lallaji, indische Mystikerin aus dem 14. Jahrhundert

Kassim

Alle Menschen haben Geburtstag. Aber nicht allen Menschen ist dieser Tag gleich wichtig, dachte Kassim, als er aufwachte. Ein schmaler Sonnenstrahl fiel durch das kleine Fenster auf den Vorhang, der seine Schlafkammer von der Wohnküche trennte. Kassim beobachtete, wie der leuchtende, dünne Streifen langsam über den Stoff wanderte.

Für manche Menschen ist es nicht wichtig, ob sie Geschenke bekommen oder ob sie an diesem Tag etwas Besonderes sind und andere an sie denken, ging es ihm durch den Kopf. *Babbo ist so ein Mensch. Babbo braucht fast nichts. Und das ist noch nicht alles, er denkt zuerst an die anderen und nicht an sich selbst.*

Es war Kassims Geburtstag. Ein Tag, an dem er so lange schlafen durfte, wie er wollte, und das kam ihm an diesem Morgen besonders entgegen, denn er hatte die ganze Nacht Geschichten über Jago gelesen. Ob Jago seinen Geburtstag feierte? Kassim jedenfalls freute sich darüber, dass hinter dem Vorhang in der Küche ein Geschenk auf ihn wartete und dass es, wie jedes Jahr, am Abend sein Lieblingsessen geben würde. In dem Sommer, in dem er lesen lernte, hatte das Buch über Jago auf dem Esstischchen gelegen, er konnte sich noch gut daran erinnern.

»Ich warte noch ein bisschen, nur ein ganz kleines bisschen«, sagte er zu sich, verschränkte seine Arme unter dem Kopf und betrachtete die tanzenden Staubkörnchen im Sonnenstrahl. Durch das Fenster hörte er einen Schwarm Sperlinge, die draußen in den Büschen zeterten. *Wäre mein Leben doch nur so aufregend wie das von Jago,* dachte er.

Vor seinem inneren Auge stiegen wieder die Bilder der Geschichte des jungen Mannes auf, der seine Familie und die Bewohner des kleinen Dorfes, in dem sie alle lebten, vor einem bevorstehenden Steinschlag warnte und so rettete. Dann hatte er seine verwitwete Mutter und die jüngeren Geschwister über den hohen Gebirgspass in die Stadt geführt, wo sein Onkel wohnte. Es war ein langer, kräfteraubender Marsch mit vielen Gefahren. Sie mussten über steile Felsgrate steigen und tiefe Schluchten überwinden. Das Fleisch wilder Tiere, die sie erlegten, sicherte ihr Überleben. Die Menschen, denen sie unterwegs begegneten, waren nicht immer freundlich und forderten Jago heraus. Aber er meisterte jede Bewährungsprobe und am Ende, als die Familie in ihrem neuen Zuhause in der Stadt ankam, war Jago für alle ein Held.

Kassim setzte sich auf den Rand seines Bettes und hob das Buch über Jago auf, das neben dem Nachtkästchen auf dem Boden lag. Er schlug es nicht auf, sondern betrachtete den dunkelblauen Leineneinband, der schon ganz abgegriffen war. Wie so oft fragte er sich, ob er ebenso unerschrocken wie Jago wäre, wenn es darauf ankäme und ob auch er das Zeug zum Helden hatte. Würde er selbst irgendwann eine gute Geschichte über sein Leben zu erzählen haben? Er konnte es nicht mit Sicherheit sagen, aber er hoffte es. Dann gab er sich einen Ruck, legte das Buch wieder zurück neben sein Bett, stand auf und zog den Vorhang zur Seite, so dass die Morgensonne ihre Strahlen in seine Schlafnische werfen konnte.

Auf dem runden, niedrigen Holztisch, der umringt von breiten Kelimkissen und zwei Hockern in der Mitte der Wohnküche stand, lag – wie erwartet – neben einem Milchkrug, Brot und Käse ein braunes Päckchen. Kassim ließ sich Zeit, trat zur Kommode an der Wand, holte eine alte Blechschüssel mit Wasser hervor und wusch sich das Gesicht. Dann setzte er sich auf eines der Kissen an das Tischchen, nahm das Geschenk und tastete es ab. Behutsam löste er das Papier. Zum Vorschein kam eine rehbraune Lederscheide, in der ein Messer steckte.

Kassim

»Grundgütiger, Babbo!«, rief er laut. Er hätte in diesem Augenblick gerne seine Freude mit jemandem geteilt, aber sein Großvater hatte bereits zu früher Stunde das Haus verlassen. Er zog das Messer aus der Scheide und konnte kaum glauben, was er da in seinen Händen hielt. Die feine Klinge glänzte wie ein Spiegel und der schmale Griff war aus einem schwarzen Holz, das er nicht kannte. In aufwendigen Intarsien aus Perlmutt stand dort sein Name. »Kassim«, las er und strich voller Bewunderung mit dem Daumen darüber. *Endlich ein richtiges Messer, das nur mir gehört,* dachte er.

Er stand auf und ging zu seiner Jutetasche, die neben der Kommode an einem Eisenhaken hing.

»Und dich – dich brauche ich nun nicht mehr«, sagte er laut und fischte ein altes Klappmesser aus dem Beutel. »Aber ich danke dir für deine guten Dienste.«

Sein Großvater hatte es vor vielen Jahren aus dem Tontopf neben dem Herd gezogen, ihm gegeben und gesagt: »Vorerst musst du dich mit diesem Taschenmesser hier begnügen. Wenn du älter bist, wirst du dein ganz persönliches bekommen.« Vierzehn Jahre alt musste er dafür werden. Kassim hielt das kleine Messer nochmals für einen Moment fest in der Hand und betrachtete es, als würde er etwas ansehen, das längst vergangen war. Dann steckte er es zurück in den Tontopf zu den Kochlöffeln und schnallte sich seine neue Lederscheide an den Gürtel. Mit dem neuen Messer schnitt er eine Ecke vom Käse ab. Es lag gut in der Hand und war scharf. Er hatte nichts anderes erwartet. Dann nahm er seine Umhängetasche von der Wand, steckte eine Scheibe Brot ein und verließ pfeifend das Haus. Auf dem Weg zur kleinen Weide sah er in den Himmel. Das wolkenlose Blau zauberte ihm ein Lächeln ins Gesicht.

Die Ziegen drängten sich bereits ungeduldig am Gatter des Geheges. Nur Tebl, die alte Eselstute, stand abseits im Schatten der großen Kastanie und als sie Kassim bemerkte, trottete sie herbei. Das kleine Glöckchen, das sie am Hals trug, klingelte aufgeregt bei jedem ihrer Schritte. Ein Sarde hatte sie vor langer Zeit auf der Durchreise bei ihnen zurückgelassen.

»Ich komm schon«, rief Kassim ihr zu. »Gleich hast du deine Ruhe.«

Tebl war eine Einzelgängerin und bevorzugte die kleine Wiese am Haus ohne die Gesellschaft der Ziegen. Überhaupt war die sardische Eselrasse etwas Besonderes. Die Tiere waren zwar zierlich gebaut, aber tüchtig und zäh. Gleichzeitig waren sie hübsch anzusehen mit ihrem hellgrauen Fell und den großen, dunklen Augen. Er kraulte ihre Stirn und ihren Rücken, während er das Tor öffnete und seine neun Ziegen nach draußen sprangen. Dann marschierte er mit der kleinen Schar los.

Auf den nahen Berg führten unterschiedliche Pfade. Er wählte an diesem Morgen den Weg durch den Wald, der an den Bienenstöcken seines Großvaters vorbeiführte. Eine Weile wanderten sie im Schatten der Steineichen und Mandelbäume entlang des gelb blühenden Ginsters bergauf, bis sie auf eine ebene Lichtung kamen, an deren Ende eine Reihe Holunderbüsche wuchsen. Die bunten Bienenkästen waren trotz der herabhängenden, von Blütendolden schweren Zweige gut zu sehen.

Kassim setzte sich auf den Stamm eines umgestürzten Baumes, der am Rande der Lichtung lag. Er war vor langer Zeit von einem Unwetter entwurzelt worden. Moos bedeckte seine brüchige Rinde. Von dort schaute Kassim seinem Großvater zu, wie er die Holzkästen der Bienen öffnete und prüfte, ob die Brut gesund war und wie viel Honig sie gesammelt hatten. Die warme Luft duftete würzig-süß und war erfüllt vom Summen der emsigen Insekten.

Es würde eine gute Ernte werden, wie immer, da war sich Kassim sicher. Man musste nur den Bienen zuschauen. Sie sagten alles. *Sie spüren es – genau wie wir Menschen.*

Er beobachtete, wie die Arbeiterbienen den alten Mann ruhig umkreisten. Anstatt aufgeregt herumzuschwirren, wie man es erwarten würde, ließen sie den Großvater gewähren. Er benutzte keinen Rauch, um seinen Schwarm zu besänftigen, so wie es andere Imker taten. Die Bienen ließen ihn seine Arbeit verrichten, als gäbe es nichts Normaleres auf der Welt.

Babbo ist immer voller Frieden, dachte Kassim. Der Alte pflegte stets zu sagen, dass Gott die große Kraft in seinem Leben sei. *Viele sprechen von Gott, aber er hat ihn gefunden, das weiß ich.*

Der Großvater sprach mit anderen wenig über Gott und wenn doch, dann nur, wenn sie ihn darum baten oder um Rat ersuchten. Keinem drängte er seine Gedanken oder Erkenntnisse auf.

»Über Gott versuche ich nicht zu reden. Wenn jemand eine Frage an mich hat, soll er sie stellen und ich werde sie ehrlich beantworten. Und in meinem Fall bedeutet ehrlich, mich darauf zu berufen, was Gott mir eingibt. Mehr tue ich nicht«, hatte er einmal erklärt. »Was der andere mit meinen Worten macht, steht nicht in meiner Macht. Und es ist auch nicht meine Sorge.«

Während Kassim so dasaß, nahm er das neue Messer aus der Scheide und betrachtete seinen Namen darauf. Dann drehte er es langsam zwischen den Fingern und beobachtete, wie die Buchstaben verschwanden und der Griff schwarz und leer glänzte. Das brachte Kassim zum Grübeln:

»Um Gott zu begegnen, muss man ein Niemand mit leeren Händen werden«, sagt Babbo immer. Aber was bedeutet das? Wie kann ein Mensch ein Niemand sein? Selbst Babbo ist jemand, ich kenne niemanden, der angesehener ist. Alle schätzen ihn und seine Weisheit.

Die Stimme des Großvaters riss ihn aus den Gedanken: »Mein Junge!« Der alte Mann kam langsam mit einer großen, gelb schimmernden Wabenwand in der Hand auf ihn zu. »Und?« Er deutete auf das Messer. »Ist es so, wie du es dir gewünscht hast?«

»Viel besser, Babbo. Ein so schönes Messer habe ich nicht erwartet.« Er stand auf und umarmte ihn. »Ich danke dir! Ich bin mir sicher, Mehmet wird Augen machen, wenn ich es ihm zeige.«

Der Großvater schmunzelte, brach ein kleines Stück aus den Waben und gab es Kassim, der es schnell in den Mund steckte und begann, den Honig herauszusaugen.

»Mehmet wirst du mit deinem Messer leider nicht überraschen. Ich habe es letztes Jahr in Kadut erstanden und ihm gegeben, damit er deinen Namen hineinschnitzt«, erklärte der Alte.

»Natürlich! Wieso habe ich nicht gleich daran gedacht?«, entfuhr es Kassim. Mehmet, sein Freund, war ein begabter Schnitzer und konnte aus jedem beliebigen Stück Holz feinste Figürchen und Muster hervorzaubern.

»Gehst du heute zum Bach?«, wollte der Großvater wissen.

»Ja. Mehmet wird auch kommen.«

Daraufhin schnitt der alte Mann die Wabenwand in mehrere Teile und nahm aus einer Kiste bei den Bienenstöcken ein paar Weinblätter und ein Stück grobes Leinen. Zuerst wickelte er die tropfenden Wabenschnitze in die großen Blätter, dann verschnürte er sie mit dem Stoff zu einem Säckchen und reichte es seinem Enkel.

»Für dich und Mehmet«, sagte Babbo. »Gib acht, die Ziegen haben es eilig, du hast zu lange geschlafen!« Beide lachten, als sie sahen, dass die kleine Horde bereits alleine den Waldweg hinauftrottete.

»Das ist wegen Jago. Immer wenn ich seine Geschichte lese, finde ich kein Ende«, seufzte Kassim, sprang auf und rannte seinen ungeduldigen Ziegen nach. »Bis heute Abend«, rief er noch über die Schulter und sah das verständnisvolle Lächeln seines Großvaters.

Kassim kannte den Berg wie seine Westentasche und manchmal suchte er mit seinen Ziegen auch die abgelegensten Weideplätzchen auf. Am liebsten war er aber in der Nähe des Baches unterwegs. Kurz nachdem dieser einer Bergquelle entsprang und als funkelndes, schmales Band die Graslandschaft durchzog, befand sich eine Stelle, die eine besonders schöne Aussicht auf das weite Hochtal und das Dorf bot.

Vom Hunger der Weidetiere angetrieben kamen sie schnell voran und erreichten nach einer guten halben Stunde den Bergbach. An seinem Ufer stand eine knorrige, alte Kiefer, die den rauen Winden hier oben schon seit einer Ewigkeit trotzte. Vom Wind gebeugt, krümmten sich ihre kräftigen Äste fast bis zum Boden.

Die Ziegen sprangen auf der Suche nach den schmackhaftesten Kräutern über den Hang. Kassim legte sich unter den Baum, halb im Schatten, halb in der Sonne, und schaute in den tiefblauen Himmel. Er entdeckte einen Bussard und sah ihm zu, wie er sich vom Wind tragen ließ, als würde es nichts Leichteres auf der Welt geben. Ob es wohl für jeden Menschen eine Bestimmung gab? So wie für diesen Vogel, der wissen musste, dass er ein Bussard war, und deshalb auch wie einer lebte? Oder war es bei den Menschen komplizierter? Wie erkannte man, welche Aufgaben im Leben auf einen warteten und was zu tun war, um

diese zu erfüllen? Er hätte das nur allzu gerne gewusst. Plötzlich stieß der Raubvogel einen spitzen Schrei aus und Kassim setzte sich auf, um zu beobachten, wie er seine Beute fing. Da sah er Mehmet mit einem Korb auf dem Rücken und einem Stock in der Hand den Hang hochsteigen. Sie winkten sich zu. Oben angekommen musste Mehmet erstmal tief durchatmen.

»Du schnaufst, als wärst du älter als diese Kiefer hier!«, neckte Kassim ihn. Sein Freund entledigte sich seiner Last und ließ sich lachend neben ihn auf das Gras fallen.

»Warum musst du deine Herde auch immer so weit hoch treiben? Was man nicht alles für seinen Freund tut.« Dann begann er den Korb auszupacken. »Zia hat für dich Mandelkuchen gebacken. Wenn wir später zum Tee kommen, gibt es noch mehr. Und das hier, das habe ich für dich gemacht. Alles Gute zum Geburtstag! Mögen all deine Wünsche wahr werden«, sagte er und hielt Kassim einen Gegenstand hin, der in hellen Baumwollstoff eingeschlagen war.

»Du schenkst mir noch etwas? Dabei hast du doch schon mein neues Messer verziert.«

»Gefällt es dir?«

»Was für eine Frage! Damit werde ich besser schnitzen als je zuvor«, sagte Kassim mit einem breiten Grinsen, während er sich daran machte, das Stoffbündel aufzuschnüren. »Aber ich muss noch viel von dir lernen.«

»Mit meinen siebzehn Jahren habe ich ja auch ein bisschen Vorsprung«, meinte Mehmet.

»Es ist nicht nur das. Du bist einfach der Künstler von uns beiden.« Kassim strahlte und schaute fasziniert auf das, was er in den Händen hielt. »Ist das eine Trinkschale? Aus Zirbelholz? Und dieses wunderschöne Ornament! Wie machst du das nur?«

»Ich weiß es manchmal selbst nicht. Ich arbeite einfach so lange daran, bis ich es gut finde.«

Kassim untersuchte das kleine Gefäß genauer. In seine Außenseite waren feine, unterschiedlich große, sternförmige Blumen geschnitzt.

»Ich habe mir gedacht, dass du sie gut gebrauchen kannst – zusammen mit deinem Messer. Jetzt, da ihr die Reise macht«, erklärte Mehmet.

»Welche Reise?« Überrascht blickte Kassim auf.

»Eure Reise nach Meside.«

»Was meinst du mit unserer Reise nach Meside?«

»Davon weißt du nichts?«

»Nein, gar nichts.«

»Es tut mir leid, wenn ich etwas verraten habe. Eigentlich habe ich auch nicht viel mitbekommen.«

»Du musst mir alles sagen, was du weißt.«

Mehmet atmete tief ein.

»Letzte Woche kam dein Großvater zu uns und sprach mit meinem Vater. Er meinte, ihr würdet uns Ende des Monats nach Kadut begleiten und von dort aus mit einer Karawane nach Meside weiterziehen. Glaub mir, das ist alles, was ich gehört habe. Ich habe keine Ahnung, was sie sonst noch beredet haben.«

»Was meinst du, was das zu bedeuten hat?«, fragte Kassim. Er konnte sich nicht erklären, warum sein Großvater kein Wort davon erwähnt hatte, nicht einmal vorhin bei ihrer Begegnung auf der Lichtung.

»Da fragst du den Falschen. Ich bin selbst erstaunt, dass du von alldem nichts wusstest. Ich wollte eigentlich von dir mehr darüber erfahren«, antwortete Mehmet.

»Weißt du etwas über Meside?«, wollte Kassim wissen. Ihm war nur bekannt, dass die Stadt süd-östlich im Innern des Landes lag. Sie war nicht die größte, die es gab. Die viel bekannteren und wichtigeren Städte des Landes waren Zah im Norden, jenseits des hohen Gebirges, und Ramar im Westen. Beide waren Hafenstädte und dadurch wichtige Umschlagplätze für die Waren, die von Übersee eintrafen oder dorthin verschifft wurden.

Das war auch der Grund, weshalb die Hauptroute des Landes zwischen diesen beiden Handelsstädten verlief.

»Meside ist eine berühmte antike Stadt, sie ist noch älter als Kadut. Man nennt sie auch *Blume der Wüste.* Das hat wohl damit zu tun, dass man egal, aus welcher Himmelsrichtung man sie erreichen möchte, ein beträchtliches Stück Wüste durchqueren muss. Einmal angekommen, staunt man aber darüber, mitten in der Ödnis eine so fruchtbare und lebendige Stadt vorzufinden. Das ist alles, was ich weiß«, erklärte Mehmet. Er packte den Mandelkuchen aus und hielt ihn Kassim unter die Nase. »Wer weiß, ob du unterwegs nochmal so etwas Gutes bekommst. Na ja, du wirst auf deiner Reise sicherlich andere Köstlichkeiten kennenlernen ... obwohl, da bin ich mir nicht einmal sicher. Ich glaube, die Verpflegung in den Karawanen ist ziemlich einseitig ...«, er lachte laut. »Es geht doch nichts über Zias Backkunst!«

»Da hast du recht! Und ... ich habe noch frischen Honig.« Kassim griff nach seiner Tasche, die hinter ihm im Schatten der Kiefer lag.

»So lässt es sich feiern«, nuschelte sein Freund mit vollem Mund.

»Und es fängt erst an«, entgegnete er und steckte sich hungrig ein Stück Kuchen in den Mund. Mit den Augen suchte er den Bussard in der Höhe, fand ihn aber nicht gleich. Dann entdeckte er ihn weiter entfernt auf einem vorspringenden Felsen sitzend.

Blume der Wüste, wiederholte er in Gedanken. *Was für ein vielversprechender Name.* War die gemeinsame Reise dorthin ein weiteres Geburtstagsgeschenk, mit dem ihn sein Großvater heute Abend überraschen wollte?

Kassim hoffte, Zia, Mehmets kleine Schwester, hatte während des Tees, den er zusammen mit ihrer Familie getrunken hatte, nicht bemerkt, dass er es eilig hatte, heimzukehren.

Außer Atem trat er durch die offene Haustür in die Küche, wo sein Großvater vor dem Herd stand und das Abendessen zubereitete. Auf der eisernen Ofenplatte stand Kassims Lieblingsgericht: ein würziger Lammeintopf, der den ganzen Raum mit Rosmarinduft erfüllte.

»Mehmet hat mir von unserer Reise erzählt. Ist das wahr? Werden wir nach Meside gehen?«, fragte Kassim und stellte den Mandelkuchen, den Zia ihm mitgegeben hatte, auf die Kommode.

Der alte Mann legte den Deckel auf den Topf und zog ihn vom Herd, ein Zeichen, dass das Essen so gut wie fertig war. Dann drehte er sich um und sagte mit ruhiger Stimme: »Bitte setz dich, mein Junge.«

Auf dem niedrigen Esstischchen brannten zwei Kerzen und Kassim ließ sich dort nieder, gespannt, was nun kommen würde.

»Ich hatte die Absicht, heute Abend mit dir darüber zu reden«, fuhr sein Großvater fort. »Kannst du dich an Zephiro erinnern?«

Kassim dachte nach. Zephiro war ein alter Freund der Familie. Vor vielen Jahren, er selbst musste sechs Jahre alt gewesen sein, hatte der rätselhafte Mann sie zuletzt besucht. Er hatte nur mehr ein vages Bild von ihm vor Augen, aber etwas anderes war Kassim in Erinnerung geblieben: Der Großvater und er hatten oft lange Gespräche miteinander geführt, manchmal sogar die ganze Nacht hindurch bis in die Morgenstunden. Kassim kam in den Sinn, dass der Mann einen langen Weg zurückgelegt hatte, um zu ihnen ins Bergdorf zu gelangen, da er in einer größeren Stadt im Landesinneren lebte. Wo genau, das wusste er aber nicht mehr.

»Er hatte einen dunklen Bart und eine tiefe Stimme. Ihr habt viel zusammen gelacht«, erinnerte sich Kassim.

»Das haben wir. Wie schnell doch die Jahre vergehen.« Sein Großvater stand noch immer vor dem Ofen und schaute seinen Enkel nachdenklich an.

»Zephiro handelt mit seltenen Edelsteinen und ist viel auf Reisen. Aber er hat auch das alte Handwerk des Edelsteinschleifers gelernt, musst du wissen. Er wohnt in Meside, wo er auch geboren wurde.«

Der alte Mann erklärte nicht weiter, sondern ging schweigend zu der Truhe, die neben der Tür zu seiner Schlafkammer stand. Er nahm den Perserteppich, der auf ihr lag, behutsam herunter, hob den schweren Deckel an und holte etwas hervor, das Kassim aus der Entfernung nicht genau erkennen konnte. Regungslos vor Neugier saß er auf seinem Kissen und wartete.

»Bei seinem letzten Besuch hat der Gute das hier vergessen«, murmelte sein Großvater und legte eine kleine Ledermappe auf den Tisch. Kassim nahm sie in die Hand. Sie war braun, etwa so groß wie ein Buch, gefaltet wie ein Brief und an den Rändern mit glänzendem schwarzen Rosshaar und dunkelrotem Seidenfaden kunstvoll eingesäumt. Zusammengehalten wurde sie mit einem Lederband, welches in der Mitte zu einem festen Knoten verschnürt war.

»Was für eine edle Tasche«, bemerkte er und fuhr mit den Händen über die Nähte. »Was ist denn darin?«

»Ich weiß es nicht.«

»Du weißt es nicht?«

»Nein.«

»Du hast sie nie geöffnet?«

»Nein. Es ist Zephiros Tasche.«

Kassim schaute seinen Großvater an und verstand, was er damit ausdrücken wollte. Er würde nie etwas ohne guten Grund öffnen. Und das galt nicht nur aus Respekt vor dem, was einem anderen gehörte, sondern es war für ihn einfach nicht von Belang, zu wissen, was sich darin befand.

Im Gegensatz zu mir kann er mit Geheimnissen leben, dachte Kassim.

Der Alte fuhr mit dem Sprechen fort. »Nun habe ich einen Wunsch. Da mein Freund nicht mehr wiedergekommen ist, um die Tasche zu holen, möchte ich, dass du sie ihm nach Meside bringst.«

»Ich? Ich soll sie ihm überbringen?« Kassim zog eine Augenbraue hoch. Er war sich nicht sicher, ob er richtig verstanden hatte. »Ich allein? Nicht wir beide zusammen?«

»Ich denke, du solltest diese Reise alleine unternehmen. Wärst du dazu bereit?«

»Aber natürlich, Babbo ... Allerdings verstehe ich nicht, weshalb Zephiro nicht zurückgekehrt ist. Ich meine, wenn etwas wirklich Kostbares darin ist, dann wäre er doch wiedergekommen. Meinst du nicht?«

»Ich denke, er weiß nicht, dass er sie bei uns vergessen hat. Vielleicht glaubt er, dass er sie unterwegs verloren hat. Wer weiß das schon? Wenn man unterwegs ist, gibt es viele Möglichkeiten, wie einem Dinge abhandenkommen können. Die Tasche sollte zu ihm zurückkehren, bevor ich sterbe.«

»Wieso sagst du so etwas?« Kassim spürte ein schmerzhaftes Stechen in seiner Brust. Sein Großvater brachte ihn völlig durcheinander. Da war einerseits der Plan, ihn mit einer geheimnisvollen ledernen Mappe alleine auf eine Reise durch das Land zu schicken, und gleichzeitig erwähnte er seinen bevorstehenden Tod. Das bereitete Kassim großes Unbehagen, ja sogar Angst.

»Fühlst du dich nicht gut, Babbo?«

»Nein, das ist es nicht. Jeden Tag widme ich im Stillen dem Sterben einen Gedanken. Das sollte jeder tun«, sagte der alte Mann gelassen.

»Aber warum? Ich will nicht an etwas so Schreckliches wie den Tod denken. Ich will nicht, dass du stirbst! Und auch ich will nicht sterben. Ich will, dass wir noch lange miteinander leben.«

»Was deine Angst vor dem Tod betrifft, so hör mir gut zu. Wenn du die Welt genau anschaust, wirst du feststellen, dass alles, was du siehst und wahrnimmst, das gleiche Schicksal hat. Die Welt besteht immerfort aus einem ständigen Werden und Vergehen. Ein Tag bricht an, weicht der Nacht und wieder bricht ein Tag an. Stets ist es vor deinen Augen, im Großen wie im Kleinen – das ewige Kommen und Gehen. Oder nicht? Darauf solltest du immer achten.«

Der Großvater machte eine kleine Pause und fuhr dann fort. »Wenn du es lange genug beobachtest, kommt irgendwann der Augenblick, in dem du noch etwas anderes wahrnehmen wirst. Etwas, das in all dem Geschehen unveränderlich ist. Du bist nicht dein Körper, du bist mehr als das. Was auch immer geschehen mag, du befindest dich immer an einem geschützten Ort. Und das gilt auch für den Moment des Sterbens. Dein wahres Selbst wird nicht vergehen. Für dich gibt es keinen Tod.«

Er holte zwei Teller aus dem Schrank am Herd und füllte sie mit Lammeintopf und Hirse. Dann streute er kleingehackte Tomaten und frische Petersilie darüber.

Obwohl es köstlich aussah und duftete, hatte Kassim plötzlich keinen Appetit mehr. Er musste über die Worte seines Großvaters, über das, was er über das wahre Selbst und den Tod gesagt hatte, nachdenken. Wieder einmal spürte er, wie tief doch das Wissen des weisen Alten war und wie viel er selbst noch zu lernen hatte.

Babbo legte die Ledertasche behutsam beiseite und sprach ein Tischgebet.

»Warum möchtest du mich nicht auf der Reise begleiten?«, wollte Kassim nach einer Weile, in der sie schweigend gegessen hatten, wissen.

»Erstens bist du nun alt genug für eine solche Unternehmung. Ganz allein auf dich gestellt wirst du ja nicht sein. Du wirst mit einer der Karawanen reisen, die in Kadut haltmachen. Das hast du dir doch immer gewünscht. Und zweitens sind da noch meine alten Kniegelenke. Eine tagelange Wanderung wäre eine große Belastung für sie und ich habe einfach nicht mehr die Kraft wie früher. Der Weg durch die Wüste ist beschwerlich.«

»Wie lange braucht man, um Meside zu erreichen?«

Der Großvater überlegte eine Weile, als ob er die Tage der verschiedenen Etappen zählen müsste.

»Für den Hin- und Rückweg nach Kadut, und rechnet man noch einen kurzen Aufenthalt in Meside ein, werden es in etwa vierzig Tage sein.«

Kassim überlegte. Es stand nirgends geschrieben, wie lange Jago genau benötigt hatte, um das große Gebirge zu überqueren. Aber es mussten einige Wochen gewesen sein.

»Stimmt es, dass Meside auch *Blume der Wüste* genannt wird?«, fragte er.

»Das stimmt! Und das zu Recht. Bald wirst du es selbst sehen.« Der alte Mann lächelte geheimnisvoll.

»Ich will diese Reise machen, aber ich kann nur von hier fortgehen, wenn du mir versprichst, dass es dir gut geht.«

Der Großvater schaute ihm liebevoll in die Augen. »Mach dir nicht so viele Sorgen, mein Junge. Kennst du den Wesenskern des wahren Vertrauens?«

»Verrätst du ihn mir?«

»Sein Wesenskern ist der Mut.«

»Wieso der Mut?«

»Man muss den Mut haben, die eigene Macht aufzugeben und den Platz einer anderen Kraft zu überlassen.«

»Das ist nicht einfach.«

»Nein, einfach ist das nicht. Aber es ist das einzig Richtige.«

»Warum?«

»Es ist nie die eigene Kraft, aus der heraus man etwas schafft, sondern immer die Kraft des großen Ganzen. Wie du weißt, ist das für mich die Macht Gottes, der auf seine Weise für alles sorgt. Es gibt keine bessere Botschaft als diese.« Der Großvater lachte freudig und fuhr mit seiner Hand über Kassims Kopf. »Aber das wirst du selbst erfahren. Nicht ich muss zu dir sprechen, sondern das Leben.«

»Ich wäre froh, wenn du es mir erklären würdest! Ich wünschte, ich wäre so weise wie du. Bitte erzähl mir noch mehr von Zephiro.«

»Ich werde dir alles sagen, was du wissen möchtest – sofern ich es vermag. Aber nun iss deinen Eintopf, bevor er kalt wird.« Er lächelte.

Während sie weiter aßen, berichtete der Alte, wie er seinen Freund vor vielen Jahren, noch bevor Kassim das Licht der Welt erblickt hatte, bei einem Hochzeitsfest in Kadut kennengelernt hatte: »Obwohl Zephiro einige Jahre jünger war als ich und aus einer anderen Gegend des Landes stammte, verspürten wir gleich mit dem ersten Händedruck eine tiefe Verbundenheit. Damals kam es mir so vor, als würde ich einen mir schon lange vertrauten Menschen wiedersehen. Der Wein auf dem Fest war ausgezeichnet und wir haben uns die ganze Nacht unterhalten und ausgelassen gefeiert. Deshalb habe ich ihn dann zu mir nach Hause eingeladen.

Gleich am nächsten Tag sind wir gemeinsam ins Dorf zurückgeritten, wo Zephiro einen ganzen Monat mein Gast war. Wir haben lange Wanderungen durch die Berge unternommen und über die Natur philosophiert.

In den darauffolgenden Jahren machte Zephiro auf seinen Handelsreisen, wann immer es ihm möglich war, Abstecher in unser Hochtal.

Unangekündigt stand er dann mit seinen voll beladenen Pferden vor der Tür. In der Hand meist eine Kiste mit Büchern, gutem Wein, feinem Gewürzbrot und vielen ungewöhnlichen Leckereien und Dingen als Mitbringsel. Aber die Wichtigste von all seinen Gaben war Zephiro selbst und seine Gesellschaft.« Der Großvater machte eine Pause und sah gedankenverloren aus dem Fenster. »Man konnte mit ihm arbeiten und debattieren, lachen und beten.«

Ausgestreckt auf dem Kelimkissen lauschte Kassim aufmerksam den Schilderungen. Als die Kerzen auf dem Tisch heruntergebrannt waren und es Zeit wurde, schlafen zu gehen, war er traurig, dass sie so lange nichts mehr von dem geheimnisvollen Edelsteinschleifer gesehen oder gehört hatten.

»Und was ist in der Tasche?«, fragte Mehmet, nachdem Kassim ihm alles vom vergangenen Abend berichtet hatte. Sie standen in der kleinen Scheune, in der Holz gelagert wurde. Mehmet verbrachte hier viele Stunden, um seine Figuren zu schnitzen. Im Augenblick war er allerdings damit beschäftigt, ein paar Scheite für den Ofen zu spalten.

»Babbo weiß es nicht. Sie ist mit einem Knoten verschlossen und er hat sie nie geöffnet«, antwortete Kassim. Mehmet legte die Stirn in Falten und sah ihn ungläubig an.

»Du sollst also eine Tasche, deren Inhalt ihr nicht kennt, von der ihr auch nicht wisst, ob sie der Bekannte deines Großvaters überhaupt vermisst, und der euch wohlbemerkt seither auch nicht mehr besucht hat, nach Meside bringen?«

Kassim beobachtete, wie sein Freund ein Stück Akazienholz in die Hand nahm, als prüfe er, ob sich daraus vielleicht nicht doch noch etwas Schöneres machen ließe als nur Späne zum Anheizen.

»Was für ein merkwürdiger Auftrag«, stellte Mehmet nach einer Weile fest und legte das Holzscheit beiseite. Es schien Potenzial zu haben.

»Möglicherweise ist die Tasche für Zephiro von persönlichem Wert. Vielleicht hat er sie von seinem Vater geschenkt bekommen und dieser wiederum von seinem. Es könnte doch ein Erbstück sein?«, versuchte Kassim eine Erklärung zu finden, aber er hatte sich in der vergangenen Nacht dasselbe gefragt wie Mehmet.

»Kassim, so, wie Zephiro lebt, müssen die Tasche und ihr Inhalt eine Bedeutung haben. Mit seinem Edelsteinhandel ist er sehr wohlhabend geworden, ohne sich je darum bemüht zu haben. Er tat einfach das, was seine Berufung war«, hatte Babbo am Vorabend erzählt.

»Und du gehst allein, ohne deinen Großvater.« Mehmet ließ es mehr nach einer Bestätigung als nach einer Frage klingen.

»Es hat mich auch überrascht, aber offenbar traut er mir das zu.« Kassim war stolz darauf, in den Augen seines Großvaters erwachsen genug zu sein, um die Wüste bis nach Meside ohne dessen Begleitung zu durchqueren. »Was meinst du, wird man nur für das geliebt, was man tut?«, fragte Kassim plötzlich. Noch bevor Mehmet antworten konnte hörten sie plötzlich eine Frauenstimme, die vor Wut keifend vom Dorfplatz herüberschallte:

»Kassim, Kassim, was bist du für ein Träumer! Wo steckst du? Kannst du nicht einmal auf deine Geißen aufpassen? Sie sind schon wieder in meinen Gemüsebeeten und fressen meinen Salat!«

Kassim schaute zum Eingang. »Oje, eure Nachbarin. Sie würde mir am liebsten den Kopf abreißen, wenn sie mich nur pfeifen hört. Ich muss weiter. Ich habe meine Streuner schon zu lange vernachlässigt.« Er erhob sich von dem Holzpflock, auf dem er die ganze Zeit gesessen hatte.

»Sie folgen nur ihrer Natur. Für irgendetwas muss ein Hirte ja gut sein …«, entgegnete Mehmet schelmisch.

»Nicht du auch noch!«

»Komm schon!«, lachte er laut auf. »Warte! Soll ich Zia etwas sagen? Von deiner Reise, meine ich?«

Kassim nickte mit dem Kopf und ging nach draußen auf den staubigen Platz. Er sah, wie die Nachbarin laut schimpfend versuchte, seine wildernden Ziegen aus ihrem Garten zu verjagen.

»Viel Glück!«, rief es aus der Scheune hinter ihm.

Das kann ich gut gebrauchen, dachte er. Mit seinem Stock trieb er seine kleine Herde zusammen, während sich die Schelte der Frau über ihn ergoss und er sich dabei noch mehr als sonst nach der Freiheit und Ruhe auf dem Berg sehnte.

Der Besuch

Das Haus, in dem Kassim mit seinem Großvater lebte, stand ein wenig außerhalb des Dorfes, in dem Mehmet und seine Familie lebten. Es lag in unmittelbarer Nähe des Baches, der sich in der Ebene des Tales durch den Zustrom weiterer Quellen verbreiterte. Zwei Wege führten von ihrem Haus fort, der eine ging Richtung Nordwesten zum Dorf und der andere verlief entlang des Bachbettes in Richtung Süden. Im Norden sah man die schneebedeckten Gipfel der Berge, die südostwärts erst in sanfte Hügel und schließlich in die weite Wüste ausliefen.

Das sonnige Hochtal war sehr fruchtbar mit endlosen Feldern von Weizen, Hirse, Mais und Kartoffeln. Der Großvater besaß keinen Acker, aber hinter dem Haus einen üppigen Garten, in dem er neben Gemüse vor allem Kräuter und Gewürze anbaute.

Zweimal im Jahr begleitete Kassim ihn nach Kadut, der Stadt am Fuße der Berge, die gleichzeitig die Grenze zur Wüste markierte. Hier pflegten sie ihre Erzeugnisse Gaspar José zu bringen, der ein guter Bekannter war und ein gut laufendes Geschäft führte.

Der Kaufmann zahlte immer einen guten Preis, weil die Waren des Großvaters äußerst gefragt waren. Der Honig wurde Gaspar José fast aus den Händen gerissen, denn er war reich an Propolis, die der alte Mann dem Honig beimischte. Das verlieh ihm einzigartige Heilkräfte. Man konnte ihn ebenso äußerlich wie innerlich anwenden. Er reinigte Verletzungen und half der Haut zu heilen. Eingenommen stärkte er die Widerstandskräfte gegen Krankheiten und nicht zuletzt war er ein begehrtes Schönheitsmittel. Auch der von Babbo selbst gezüchtete blaue Pfeffer war beliebt. Botanisch betrachtet zählte die Sorte nicht zur Gattung des echten Pfeffers, der in Indonesien angebaut wurde, die schwarzblauen Beeren wurden dennoch so bezeichnet. Sie hatten einen ähnlichen, aber reichhaltigeren Geschmack als der echte Pfeffer und verfügten obendrein über eine reinigende Wirkung. Wie der seltene Safran, den man im ganzen Land sammelte, wurde auch dieses Gewürz mit Gold aufgewogen.

Jedes Jahr bat Gaspar José Babbo darum, er möge doch größere Mengen des blauen Pfeffers anbauen und weiteren Honig gewinnen, seine Stammkunden würden laufend mehr davon verlangen. Aber dieser schüttelte nur den Kopf und meinte: »Es freut mich, dass die Früchte meines Gartens und die Arbeit meiner Bienen geschätzt werden, aber wo käme ich hin, würde ich den Wunsch der Menschen nach immer mehr und mehr ernst nehmen?«

Kassim war früh aufgestanden und holte frisches Wasser am Bach, der sich, gesäumt von Büschen und niedrigen Bäumen, an der Grenze ihres Gartens entlangschlängelte. Als er mit seinen vollen Wassereimern zurückkehrte, sah er, dass am Gatter der kleinen Weide ein dunkles Maultier angebunden war. Es hatte einen reich verzierten schwarzen Sattel, unter dem eine auffällig gemusterte rote Decke hervorblitzte. Die noble Ausstattung des Tieres machte ihn neugierig. Rasch füllte er das Wasser in die Tonne an der Hauswand und betrat die Stube. Sein Großvater schenkte gerade einer unbekannten Frau, die am Esstischchen saß, eine Schale heißen Schwarztee ein. Ihr kräftiges Haar war von ein paar grauen Strähnen durchzogen und im Nacken zu einem festen Knoten gebunden. Sie saß betont aufrecht und im Schoß lag über ihren geschlossenen Knien eine blaue Seidentasche.

»Das ist mein Enkel«, sagte Babbo und winkte ihn zu sich.

»Guten Tag, ich komme aus Monte und halte mich für ein paar Tage bei einer entfernten Verwandten im Dorf auf«, erklärte die Fremde dem Jungen und lächelte ihn an. »Mir ist zu Ohren gekommen, dass hier ein außergewöhnlich kluger Mann lebt und nun bin ich hier, um seinen Rat einzuholen.«

»Babbo ist der weiseste Mensch, den ich kenne«, antwortete Kassim. Sie schaute ihn mit großen Augen an und lächelte zufrieden.

»Ein schöner Flecken, Euer Monte. Ein sonnenverwöhnter Landstrich«, sagte der Großvater.

Der Ort lag auf der Westseite der Berge und war einen Tagesmarsch von ihrem Dorf entfernt. In einem Winter waren sie einmal dort gewesen.

Die Frau deutete auf einen prallen Jutesack, den sie neben der offenen Haustür abgestellt hatte.

»Ich habe Ihnen etwas von unserer letzten Ernte mitgebracht. Ein paar Kilo getrocknete Aprikosen und süße Feigen.«

»Wie großzügig von Euch. So schickt die Sonne von Monte auch zu uns ihre Strahlen«, entgegnete der Großvater freundlich und setzte sich zu ihr in den Schneidersitz an das Tischchen. Kassim ging zur Truhe, in der Zephiros Tasche aufbewahrt wurde, und ließ sich auf ihr nieder. Er wollte die Nähe der beiden nicht stören. *Es ist immer das Gleiche. Wenn die Menschen sich mit Babbo unterhalten, wollen sie seine ganze Aufmerksamkeit,* wusste er. Außerdem mochte er den etwas versteckten Platz auf der Kiste. Mit dem Rücken angelehnt an der Wand und angezogenen Beinen hatte er von dort aus schon einigen spannenden Gesprächen gelauscht. Die Frau begann zu erzählen:

»Mein Anliegen ist Folgendes: Mein Mann und ich – wir sind kinderlos – besitzen große, fruchtbare Ländereien. Einen Teil davon habe ich in die Ehe eingebracht, die ertragreichsten Äcker jedoch haben wir im Laufe der Jahre dazu erstanden und damit unseren Grundbesitz beträchtlich vermehrt. Ein eben gelegenes, besonders ertragreiches Feld, auf dem wir Weizen anbauen, grenzt an das einzige Stück Land eines unserer Nachbarn. Die Äcker wurden nie ordentlich vermessen, zumindest verfügen wir über keine offizielle Karte. Nun haben wir den Verdacht, dass die Grenzsteine ein wenig versetzt wurden, sodass sich unser Feld verkleinert hat. Dieses Frühjahr haben wir den Nachbarn zur Rede gestellt. Er stritt aber alles ab.« Die Frau atmete tief durch. Dann schwenkte sie in einer Gebärde der Empörung ihre rechte Hand, um damit auszudrücken, was jeder von diesem Bericht zu halten hatte. »Dieser Mann ist ein Dieb, das ist offensichtlich! Aber wir haben nichts in der Hand, wir können es nicht beweisen. Und nun bitte ich Euch, mir zu sagen, wie wir in dieser Sache am besten vorgehen sollten.«

Der Großvater nippte in aller Seelenruhe an seinem Tee, dann stellte er seine Tasse behutsam auf den Tisch und begann leise zu sprechen: »Gute Frau, ich kann Euch als Antwort nur das geben, was ich in mir habe. Es sind meine ganz persönlichen Gedanken. Ihr könnt diese verwerfen oder prüfen, ob Ihr etwas Wertvolles darin findet.«

Die Dame neigte sich leicht nach vorne, um ihn besser zu verstehen.

»Steht in Ihrem Feld ein Baum?«, fragte er.

»Ein Baum?« Sie war verwundert.

»Ja, ein Baum.«

»Den gibt es tatsächlich. Ein alter Nussbaum. Wir wollten ihn schon fällen, weil er wenig Früchte trägt und die Feldarbeit behindert.«

»Gut. Wie weit ist er von der Grenze zur benachbarten Flur entfernt?«

»Etwa ein Drittel unserer Ackerlänge«, erklärte sie.

»Macht es wie folgt: Ruft den Nachbarn zu Euch und schlagt ihm vor, die Grenzsteine so weit hinein auf Euer Land zu verschieben, sodass der Baum genau auf der geraden Verbindungslinie der Grenzsteine steht und eine weitere Markierung bildet. Dann lasst das Land ausmessen und eine offizielle Karte anlegen.«

»Ich weiß nicht, ob ich Euch richtig verstanden habe. Würde das nicht bedeuten, dass der Nachbar nicht nur das Land behielte, welches er uns bereits abgeluchst hat, sondern ein weiteres Stück dazu bekäme? Einfach so? Zuerst hat er etwas gestohlen und dann bekommt er noch etwas geschenkt?«

Auf der Stirn der Frau hatten sich Furchen gebildet und sie beugte sich auf ihrem Sitz noch weiter nach vorne.

»Ja, das bedeutet es«, antwortete der Weise.

»Bitte entschuldigt, wenn ich das nicht sofort begreife. Aber wie ist uns damit gedient?«, entgegnete sie irritiert.

»Wie ich schon sagte, kann ich Euch nur meine Überlegungen zu den von Euch geschilderten Ereignissen anbieten. Ihr müsst entscheiden, ob Ihr sie für hilfreich haltet. Findet heraus, was geschieht, wenn Ihr meinem Rat folgt.« Er lächelte sie liebenswürdig an.

Die Frau drehte ihre Schale unruhig in der Hand und erwiderte schließlich: »Darüber muss ich nachdenken. Ich bin mir nicht sicher, ob ich gescheit genug bin, Euch zu verstehen.«

Kassim konnte nachvollziehen, was die Frau meinte. Er musste zugeben, dass er den Ratschlag ebenfalls sonderbar fand.

Der Großvater lachte. »Für das, was ich sage, müsst Ihr nicht gescheit sein.«

Sie stellte ihr Trinkgefäß auf das Tischchen und drückte mit ihren dünnen Fingern die glänzende Seidentasche an sich, ließ sie wieder los und presste sie erneut in ihren Schoß. »Vielen Dank für Eure Worte. Ich werde mit meinem Mann darüber sprechen«, sagte sie.

»Das ist eine gute Entscheidung.« Der Großvater stand auf. Der Ausdruck in seinem Gesicht ließ erahnen, dass er nun zum wichtigsten Teil des Gesprächs kam. Er hielt ihr seine helfende Hand hin.

»Es ist Zeit, Sie in meinen Garten zu führen. Ich würde Euch gerne ein paar Ableger aus meiner Kräutersammlung schenken.«

Sie erhob sich, ohne ein weiteres Wort über ihr Anliegen zu verlieren, nahm den angebotenen Arm und gemeinsam gingen sie durch die offene Tür hinaus.

Kassim rutschte von der Truhe herunter und fing an, in einem Korb die Kleider und Tücher einzusammeln, die gewaschen werden mussten. Heute war Waschtag und er hatte vor, sein Tagwerk so schnell wie möglich zu erledigen.

Durch die Fenster, die zum Garten zeigten, vernahm er, wie die beiden die Beete entlang schritten und der Gastgeber zu dieser und jener Pflanze Auskunft gab. Er erzählte, wann man sie setzte, wie man sie pflegte und für was man sie verwenden konnte. Nach einer guten halben Stunde war ihre Runde beendet. Die Frau übergab den Sack Dörrfrüchte und bedankte sich. Das Geld, das sie aus ihrer blauen Seidentasche hervorzog, wollte Babbo nicht nehmen. Dann gingen sie zusammen zum Gehege der Weide und die Landbesitzerin stieg auf ihr vornehmes Maultier, das friedlich am Zaun graste. Der weise Mann und der Junge schauten ihr noch lange nach, als sie auf dem Weg Richtung Nordwesten davonritt.

»Was du der Frau geraten hast, habe ich nicht wirklich verstanden.« Kassim wandte sich seinem Großvater zu, der still neben ihm stand.

»Was hast du nicht verstanden, mein Junge?«

»Wird dein Rat die Angelegenheit denn wirklich lösen?«

»Welche Angelegenheit meinst du?«, fragte der Alte und blickte weiter auf den ausgetretenen Pfad, obwohl die Reiterin längst verschwunden war.

»Der Betrug des Nachbarn – wenn man tut, was du sagst, dann belohnt man ihn, anstatt ihn zu bestrafen.«

»Wieso schaust du auf den Nachbarn? Diese Geschichte hat mehr als nur eine Dimension, Kassim.«

»Was meinst du damit?«

»Sag du es mir. Was haben wir von der Frau wirklich erfahren? Und was können wir in diesem Leben mit Verlässlichkeit wissen?« Der Großvater drehte sich ihm zu und musterte ihn fragend. »Wir haben gehört, dass die Vorstellung zweier Menschen davon, wie das Leben zu sein hat, nicht erfüllt wurden. Sie wollen, dass ein einmal gesetzter Grenzstein bleibt, wo er ist, und ihr Land ihr Eigen bleibt. Aber offensichtlich macht ihnen das Leben einen Strich durch die Rechnung.«

Er wandte sich vom Weg ab und schaute nachdenklich auf ihr kleines Haus aus Stein und Lehm. »Das muss es auch, denn für diejenigen, die an Besitz glauben und an ihm festhalten wollen, ist das Leben nichts weiter als ein Dieb, der auf der Lauer liegt und irgendwann zuschlägt. Wer etwas besitzen will, muss es verlieren. Wenn nicht heute, dann morgen.« Er hielt inne und verschränkte seine Arme auf dem Rücken, wie er es immer tat, wenn er spazieren ging oder eine Sache länger betrachtete.

»Mein Rat wird ihre Angelegenheit nicht lösen, so wie sie es sich wünschen, das ist gewiss. Aber er gibt ihnen etwas anderes. Manchmal liegt die wirkliche Hilfe nicht darin, dafür zu sorgen, dass der Mensch erhält, was er sich wünscht, sondern darin, seine Welt auf den Kopf zu stellen. Gelegentlich muss man die Dinge aus einer anderen Warte berachten, um einen Schritt weiter zu kommen.«

»Aber warum?«

»Weil die wahre Ursache für das Leid des Menschen seine festen Vorstellungen und Erwartungen sind. Sie sind wie Ketten in den Köpfen der Menschen und die meisten legen sie sich auch noch selbst an. Wenn du jemanden verunsicherst, ist es, als ob du an ihnen rüttelst. Es sind nicht die Angelegenheiten dieser Welt, die es zu lösen gilt, sondern die Fesseln, die wir in unseren Köpfen haben.« Er machte eine kleine Pause. »Und – ein anderer Mensch, ein anderer Rat.«

Dann zeigte er mit dem rechten Arm nach oben und lachte heiter. »Hast du heute schon den Himmel geprüft? Sag mir, wie dein Tag wird!«

Es war eine Angewohnheit von Kassim, morgens in den Himmel zu schauen und in ihm die Stimmung seines Tages abzulesen. Bei den Worten des Großvaters dachte er an die Morgenstunde am Bach und wie das Licht durch die Äste hindurch auf das Wasser gefallen war und sich das sanfte Blau in den Wellen gespiegelt hatte. Er lachte: »Es sieht aus, als würde es ein schöner Tag werden!«

Der Großvater nickte: »Dann lass uns noch etwas Brennbares für den Herd holen, bevor du dich auf den Weg zur Waschstelle machst.«

Und so schlenderten sie zusammen zum alten Lindenbaum, der gegenüber dem Haus stand. Er markierte den Anfang des Pfades, der Richtung Süden verlief. Der Hohlweg führte zunächst steil bergab und war von dichten Haselnusssträuchern und Akazien überwuchert. Nach einer kurzen Strecke lichtete er sich, wurde flacher und führte auf den Weg nach Kadut. Unter der Linde lagen in einem kleinen Verschlag geschichtetes Feuerholz und gebündelte, trockene Äste. Sie packten je ein Bündel, als plötzlich ein heftiger Windstoß durch die schimmernde Baumkrone fuhr. Beide standen da und hielten ihr Gesicht in die Brise. Kassim sog die Luft tief ein. Sie war geschwängert vom Duft der Lindenblüten, die, sobald die Sonnenstrahlen den

Morgentau erwärmten, ihre Süße verströmten. Die Geschichte der Besucherin beschäftigte ihn. Nach wie vor fand er den Ratschlag seines Großvaters ziemlich merkwürdig und er fragte sich, ob die Frau den Mut aufbringen würde, entgegen aller Erwartungen zu handeln. Es hätte ihn gewundert, wenn sie dem Nachbarn ein Stück Land schenken würde.

»Babbo, was hättest du der Frau gesagt, wenn es keinen Baum in ihrem Feld gegeben hätte?«, fragte er.

»Ich hätte ihr geraten, einen zu pflanzen«, entgegnete der alte Mann und lachte. »Oder vielleicht auch etwas ganz anderes.«

Erneut frischte der Wind auf, Kassim schaute hoch und sah zwischen dem hellen Grün der hüpfenden Lindenblätter das tiefe Blau des Himmels hindurchscheinen. Da wurde ihm leicht ums Herz und er dachte an seinen Auftrag, nach Meside zu reisen. Er hatte das Gefühl, dass sich mit diesem Vorhaben etwas für ihn erfüllen würde. Vielleicht war dieses Abenteuer sogar Teil seiner Bestimmung.

Der wöchentliche Waschtag war ein fester Bestandteil des Dorflebens. Jeden Samstag trafen sich die Frauen an einem Ort südöstlich der Wohnhäuser, wo der Bach weit und seicht wurde. Große, flache Steine boten am Ufer guten Halt und daneben wuchsen mächtige Pinien, deren Äste sich wie Schirme aufspannten und an heißen Tagen Schatten spendeten. Kassim bevorzugte es, die Wäsche zusammen mit den Frauen aus dem Dorf zu waschen und nicht alleine am Bachlauf hinter dem Haus, obwohl das weniger aufwendig gewesen wäre.

Als er mit Tebl an der Waschstelle ankam, sah er Zia auf der Steinplatte, bei der sie sich immer trafen und die etwas abseits von denen der anderen lag. Das Mädchen kniete vornübergebeugt und rieb ein Tuch im Wasser. Kassim hatte gehofft, sie hier zu treffen. Sie hatten sich zwar zuletzt an seinem Geburtstag gesehen, aber das war schon drei Tage her und kam ihm vor wie eine Ewigkeit.

Am Himmel brannte die Sonne und nur einige schmale Schleierwolken verliehen dem Himmel Struktur. Das Waschen war trotz der Mittagshitze in vollem Gange und er hörte, wie die Frauen angeregt plauderten, sich gegenseitig ins Wort fielen, scherzten und lachten. Er nahm den schweren Korb von Tebls Rücken und trug ihn zu Zia.

»Ich bin ein bisschen spät heute, wir hatten einen Gast«, sagte er und stellte die Wäsche auf dem Stein ab. Sie hielt inne und rückte zur Seite, um ihm Platz zu machen.

»Mehmet hat mir erzählt, dass du Ende des Monats fortgehen wirst«, platzte es aus ihr heraus. Der Besuch, den er erwähnt hatte, schien sie nicht zu interessieren. Und als wäre sie über etwas beleidigt, drehte sie sich von ihm weg und begann ihr Tuch betont wild im Wasser zu schwenken. Er leerte seinen Korb aus und setzte sich neben sie.

»Und er hat gesagt, dass du alleine gehst, ohne deinen Großvater«, fuhr sie fort, ohne ihn anzuschauen.

»Das stimmt«, antwortete er und tauchte ein schmutziges Hemd in den Bach.

»Aber ist das nicht gefährlich?«, rief sie, zog ihr Wäschestück aus dem Wasser und hockte sich auf ihre Fersen.

»Jede Reise birgt Gefahren.« Er dachte an Jago, wusste aber, dass er Zia nicht wirklich erklären konnte, was ihn bewegte. Sie war ein Mädchen und er wollte ihr gegenüber seine Sehnsüchte nicht eingestehen, es hätte ihn beschämt.

»Und was ist, wenn dir etwas geschieht?«, hakte sie nach.

»Glaub mir, Zia. Ich komme genau so zurück, wie ich jetzt bin. Würde Babbo mir sonst einen solchen Auftrag geben?«, versuchte er sie zu beruhigen.

»Wie lange wirst du fort sein?«

»Vierzig Tage. Das sind nicht einmal sechs Wochen«, entgegnete er. Sein Großvater hatte ihm erklärt, dass manche Karawanen sogar mehrere Monate unterwegs waren, bis sie ihr Ziel

erreichten, und im Vergleich dazu kam ihm seine Reise geradezu bescheiden vor.

»Vierzig Tage können sehr lang sein, vor allem, wenn man alleine reist.« Niedergeschlagen starrte sie auf die Wellen im Wasser. »Ich werde dich vermissen.«

»Du wirst mir auch fehlen, Zia«, sagte er und sah sie an. Obwohl sie erst elf Jahre alt war, klein gewachsen und mit ihren sorgfältig geflochtenen Zöpfen sehr kindlich aussah, war sie klug und verantwortungsbewusst. Zusammen mit Mehmet waren sie wie Geschwister aufgewachsen.

»Sei nicht traurig, meine kleine Zia.« Er fasste sie an der Schulter und drückte sie. Plötzlich kam ihm eine Idee und er erhob sich.

»Ich bin gleich wieder zurück«, sagte er und ging ein paar Schritte am Ufer entlang bis zu einer Stelle, wo sich Schilf und Büsche bis ins Wasser neigten.

Die Strömung führte von Zeit zu Zeit größeres Geäst mit sich, das sich in den Windungen des Baches und im Buschwerk am Ufer verfing. Er entledigte sich seiner Sandalen, krempelte die Hose hoch und watete in das Wasser. Dort zog er einen daumendicken Zweig heraus, der schon einen langen Weg hinter sich zu haben schien, denn er war schon ganz grau und glatt poliert wie ein Kieselstein. Kassim nahm sein neues Messer vom Gürtel und schnitt von dem Ast ein handbreites Stück ab. Dann kehrte er zu Zia zurück.

»Schau, was ich hier habe«, sagte er. »Dieses Stöckchen wird mich an unsere Treffen am Fluss erinnern. Damit werde ich die Tage meiner Reise bis zur Heimkehr zählen. Ich werde jeden Abend eine Kerbe hineinschnitzen und so wissen, wie weit ich von meinem Ziel und von dir entfernt bin.«

»Ich kenne dich gut und auch, wenn du mit mir nie darüber gesprochen hast, so weiß ich doch, du freust dich darauf, das Dorf zu verlassen und die Welt zu sehen«, erwiderte sie und nahm sein Fundstück in die Hand, um es zu begutachten. Schließlich gab sie es ihm mit einem Kopfnicken zurück.

»Zia, ich werde nach Meside gehen, weißt du, was das bedeutet? In dieser Stadt gibt es Dinge, die wir hier nicht haben. Und wenn ich zurückkehre, dann komme ich mit einem schönen Geschenk für dich«, versprach er. »Ich will, dass du dich mit mir freust und dir keine Sorgen machst!« Er steckte das Hölzchen in die Hosentasche.

»Das Einzige, was ich mir wünsche, ist, dass du gesund wiederkommst. Und bitte schau mich nicht so an mit deinen leuchtenden Augen, das hilft mir nicht.« Sie seufzte tief. Während sie ihn kritisch musterte, schien ihr etwas durch den Kopf zu gehen. »Deine Haare sind gewachsen, ich muss sie schneiden, bevor du aufbrichst«, meinte sie plötzlich.

Er grinste sie herausfordernd an. »Dann habe ich also deinen Segen?«

»Habe ich denn eine Wahl?«, zeterte sie und bespritzte ihn mit Wasser. Dann legte sie ihren Kopf schräg und zog ihren Mund spitzbübisch zusammen. »Also, wie war das mit dem Geschenk …?« Beide lachten und er zog an einem ihrer Zöpfe. »Das ist meine Zia!«

Während sie ihre Wäsche im Bach wuschen, beschrieb das Mädchen die Farben und den Glanz der Seidenstoffe, die man in den bedeutenden Orten des Landes erstehen konnte. Er hörte ihr genau zu und staunte insgeheim, mit welchem Eifer sie bei der Sache war. Er fragte sich, woher sie das alles wusste und versprach, ihr nicht nur eine besonders schöne Seide mitzubringen, sondern auch eine detaillierte Schilderung des Stadtlebens. Er würde alles über die Kleider, den Schmuck und die Frisuren der Städterinnen in Erfahrung bringen. Er würde nach den Attraktionen auf dem Basar Ausschau halten und er würde die Annehmlichkeiten und Rituale der Dampfbäder erkunden. Zias Augen strahlten ihn an. Er war sich sicher, dass ihr die berühmte *Blume der Wüste* gefallen würde und sie mit ihm ginge, wenn sie es nur vermochte.

Vierzig Tage

Die Erntezeit brach an und der Großvater und Kassim machten sich daran, die Waren zusammenzustellen, die für Gaspar José bestimmt waren. Sie ernteten den Honig und gewannen aus den Bienenwaben wertvolles Wachs. Die getrockneten blauen Pfefferkörner füllten sie in kleine Fläschchen ab und die Koriandersamen und Kräuter in Leinensäckchen.

In der Truhe, in der Zephiros Tasche aufbewahrt wurde, lag auch eine zylinderförmige, petrolblaue Büchse mit goldener Beschriftung, deren Farbe an einigen Stellen schon so abgewetzt war, dass man das rostige Blech darunter sehen konnte. In ihr verwahrten sie ihre Ersparnisse. Kassim hatte den Eindruck, dass sich diese Dose nie leerte. Seit er denken konnte war sie mit Münzen und Scheinen gefüllt – unabhängig davon, wie viel sein Großvater herauszunehmen schien. Der alte Mann richtete ihm ein Säckchen mit Geld. Zusammen mit der Bezahlung für die Warenlieferung besäße Kassim nun mehr als genug, um ohne Sorgen reisen zu können, ließ er ihn wissen. Er riet ihm außerdem, in Kadut auf dem Markt eine neue Tunika und zwei Schaltücher zu kaufen, die ihn vor der brennenden Sonne, dem Wind und dem Sand in der Wüste schützen würden.

Am Abend vor der Abreise, als alle Säckchen, Töpfchen und Gläser in einer Ecke der Küche bereitstanden und die Sachen für die Reise gepackt an der Kommode warteten, sagte der Großvater: »Mein Junge, du wirst nur das mitnehmen können, was Tebl und du für längere Zeit tragen könnt. Es ist besser, mit leichtem Gepäck zu wandern.« Er machte eine kleine Pause und zog seine Augenbrauen zusammen. »Aber etwas kann ich dir noch mitgeben, das ohne Gewicht ist: Alles, was du brauchst, wirst du auch erhalten! Denk an meine Worte – ganz besonders dann, wenn du das Gefühl hast, du würdest Not erleiden. Wo immer du bist und was immer geschieht, versuche den Ereignissen keine Macht über dich zu geben. Du bist größer als das, was dir widerfährt. Erinnere dich stets daran: Nichts ist, wie es scheint. Nichts.« Er zwinkerte Kassim zu. »Aber auch das ist nicht die letzte Wahrheit.«

»Und was ist die letzte Wahrheit?«, fragte Kassim.

»Die letzte Wahrheit? Das kann dir niemand anderer sagen. Jeder muss sie selbst erfahren.« Und als hätte er geahnt, dass sein Enkel bei einer solchen Antwort entmutigt wäre, fügte er hinzu: »Vertraue auf das, was ich versucht habe, dich all die Jahre zu lehren. Beginne mit dem, was ich dir gerade geraten habe, dann kommt die Wahrheit zu dir, glaube mir. Am Frieden in deinem Innern wirst du sie erkennen.« Mit diesen Worten schickte der Alte seinen Enkel zu Bett.

Wie so oft schlief Kassim erst spät ein, doch lag es in dieser Nacht nicht an den Erlebnissen von Jago, sondern an seinem eigenen Abenteuer, das auf ihn wartete. Unruhig wälzte er sich in seinem Bett hin und her und malte sich die Menschen und Orte aus, denen er begegnen würde. Er fragte sich, wie er bei all der Aufregung jemals den Frieden in seinem Innern finden sollte, von dem sein Großvater gesprochen hatte.

Am nächsten Morgen, noch bevor die Sonne aufgegangen war, standen sie auf und beluden Tebl. Als Kassim seinen Großvater zum letzten Mal umarmte, wurde er traurig, da sie einander so lange nicht sehen würden. Doch dann dachte er an Jago und all die aufregenden Dinge, die er nun selbst erleben würde. Voller Tatendrang nahm er Tebls Strick und gesellte sich zu der kleinen Reisegruppe, bestehend aus Mehmet, dessen Vater und Onkel sowie vier weiteren bepackten Eseln, die auf dem Platz vor dem Haus auf ihn wartete.

Nachdem sie den Hohlweg verlassen hatten, zog sich der Abstieg nach Kadut über sanfte, bewaldete Hügel und lauschige Lichtungen. Bis zum Fuß der Berge brauchte man einen Tag und eine Nacht. Dann würden sie eine karge Ebene erreichen, die in der Ferne langsam versandete. Dort begann die Wüste.

Die Sonne schien kraftvoll an einem wolkenlosen Himmel, aber der Schatten des Waldes und die aufsteigende Kühle des Baches, der entlang des Pfades plätscherte, machten die Wanderung angenehm. Wie immer, wenn sie sich nach Kadut aufmachten, wollten sie ihr Nachtlager in einem kleinen Hain aufschlagen, der auf dem Weg lag. Von Myrtensträuchern, dichtem Schachtelhalm und hohen Pappeln geschützt, konnte man sich dort bestens ausruhen.

Als sie den Schlafplatz erreichten, ging über den Bäumen bereits der Vollmond auf. Es würde wohl eine ähnlich helle Nacht werden wie die letzte, die Kassim mit seinem Großvater hier verbracht hatte. Er mochte es, wenn die zitternden Pappelblätter das silbrige Licht des Vollmondes zum Funkeln brachten.

Sie waren müde und breiteten bald nach dem Abendbrot ihre Matten zum Schlafen aus. Kassim legte sich neben Mehmet und blickte ins nächtliche Firmament. Er hörte die letzten Zweige im Feuer knacken und hinter ihnen zwischen den Büschen den

Bach murmeln. Die beiden Männer lagen beide eingerollt auf der anderen Seite der Feuerstelle. Bald schon war aus ihrer Richtung ein leises Schnarchen zu hören. Kassim fiel es schwer, zur Ruhe zu kommen.

Die Reise hatte begonnen. Mit dem Zählen der Tage, so hatte er nach dem Abschied entschieden, würde er erst anfangen, wenn er mit der Karawane unterwegs war.

»Mehmet, bist du noch wach?«, fragte Kassim und drehte seinen Kopf zu seinem Freund. In der nächtlichen Stille war ihm wieder die Frage in den Sinn gekommen, die er Mehmet am Tag nach seinem Geburtstag in der Scheune gestellt hatte. Damals hatte er von ihm keine Antwort erhalten, denn sie waren von der aufgebrachten Nachbarsfrau unterbrochen worden.

»Mhm, ein bisschen«, antwortete sein Freund leise.

»Darf ich dich etwas fragen?«

Mehmet gähnte. »Leg los.«

»Wird man nur für das geliebt, was man tut?« Noch während Kassim die Worte aussprach, wunderte er sich, dass er mit dieser Frage nicht zu seinem Großvater gegangen war. Wieso war sie ihm vor seiner Abreise nicht noch eingefallen? Sein Großvater würde die Antwort darauf kennen.

Eine ganze Weile hörte er nichts von Mehmet und so hob er den Kopf, um zu sehen, was dieser tat. Sein Freund hatte die Augen fest geschlossen.

»Auch wenn es nicht so aussieht, ich bin noch wach und denke nach«, gab dieser von sich. »Du stellst zwar mir die Frage, aber was glaubst du selbst?«

»Hm, ich habe ehrlich gesagt keine eindeutige Antwort. Ist es möglich zwei Antworten zu haben – ist so etwas überhaupt möglich?«, erwiderte Kassim.

»Was meinst du damit?«

»Ich fühle einen Widerspruch in dem, was ich darüber denke. Einerseits glaube ich, dass man für das geliebt wird, was man tut. Die anderen haben einen doch gern, wenn man etwas Gutes oder Bewundernswertes vollbringt. Den Beweis kann man überall sehen. Die guten und großen Leistungen von Menschen werden seit jeher von allen gewürdigt – oder nicht?«

»Das scheint mir auch so«, murmelte es im Dunkeln.

»Aber ist das wirklich richtig?«, hakte Kassim nach.

»Wieso sollte es nicht richtig sein? Betrachte es einmal von der anderen Seite. Es ist doch ganz natürlich, dass man die Menschen nicht leiden kann, ja, sogar verabscheut, die einem schaden wollen, die einen beleidigen oder bedrohen, oder noch schlimmer, stehlen und morden. Sie tun der Menschheit Schlechtes an. Und ja, im Gegensatz dazu liebt man die Menschen, die Gutes tun«, erklärte Mehmet.

»Schon, aber würde das nicht heißen, dass man sich die Liebe verdienen muss? Mit guten Taten, meine ich?« Kassim hielt im Sprechen inne und er hörte die Äste der Pappel sanft über ihnen rauschen. »Hierbei stimmt doch etwas nicht. Wäre das nicht ein Handel? Kann die Liebe wirklich so sein? Wir alle wünschen uns doch etwas anderes von ihr.«

»Ich kann es dir nicht sagen. Du denkst zu viel nach, besonders in der Nacht, wenn müde Menschen schlafen sollten. Wenn du mit der Karawane die Wüste durchquerst, hast du genug Zeit, um zu grübeln. Dann machst du nichts anderes, als einen Fuß vor den anderen zu setzen.«

Nach einer Weile, in der beide still waren, ergänzte Mehmet leise: »Ganz verstehe ich es auch nicht. Aber ich denke, so ist es nun mal!«

»Wenn ich eine andere Antwort finden sollte, dann werde ich sie mit dir teilen«, flüsterte Kassim. Von der Seite hörte er ein leises »Gute Nacht!«, gefolgt von einem tiefen Seufzer.

Er hat recht, dachte Kassim und schloss seine Lider. *Ich werde vierzig Tage haben, um in Ruhe darüber nachzudenken. Und wenn ich wieder zurück bin, werde ich damit zu Babbo gehen.*

Es war kurz vor Mittag, als sie am Fuß der Berge ankamen. Kadut war keine große, aber eine altehrwürdige, florierende Stadt. Sie war wichtiger Knotenpunkt auf den Karawanenrouten von

Ost nach West und von Nord nach Süd. Der Markt, für den Kadut gerühmt wurde, befand sich nicht – wie sonst üblich – im Zentrum der Stadt, sondern vor den Mauern in unmittelbarer Nähe eines Sees. Dieser wurde von den Flüssen der Berge gespeist. An seinem westlichen Ufer rasteten die durchreisenden Karawanen mit ihren Lasttieren.

Die kleine Reisegruppe ging vorbei an den bunten Ständen, deren Tische sich unter der Last von frischem Gemüse und süßem Obst bogen. Auch Geschirr und feinste Lederwaren, Werkzeuge und edelste Kleider wurden feilgeboten. Am Ende der Marktstraße befand sich der Viehplatz. Hier wurden Kühe, Ziegen, Schafe und Hühner von den Bauern des Umlandes gehandelt.

Während Mehmets Vater und sein Onkel die Verkaufsplätze ihrer Bekannten aufsuchten, mit denen sie Geschäftsbeziehungen unterhielten, gingen die beiden Jungen durch das Stadttor in die Gasse, in der Gaspar José seinen Laden hatte. Es war eine dieser halbdunklen, versteckten engen Straßen, in die es einen nur verschlug, wenn man genau wusste, was man dort wollte.

Als Gaspar José die beiden mit der bepackten Tebl vor seinem Haus stehen sah, rief er mit schallender Stimme: »Dem Himmel sei Dank! Ihr kommt gerade richtig. Meine Regale sind leer. Ich habe meine Käufer vertrösten müssen. Auf euch sei Verlass, habe ich ihnen gesagt, wir werden den Pfeffer und den Honig bald erhalten.« Er musterte die beiden und zog die Stirn fragend in Falten. »Und wo ist dein Großvater, Kassim?«

Ohne die Antwort abzuwarten, öffnete er das niedrige Holztor neben der Eingangstür zum Laden und führte seine Besucher in einen kleinen Hinterhof. Während sie die Taschen abluden und in das Kontor trugen, berichtete Kassim von seinem Großvater, überbrachte dessen Grüße und erzählte von seiner bevorstehenden Reise. Einen Teil der Lieferung brachten sie in den Laden und stellten ihn auf den abgewetzten Verkaufstresen. Anders als die Markthändler, die ihre Waren auf Holztischen und Karren zur Schau stellten, hatte Gaspar José seine gut sortiert in den Schubläden und Fächern hoher Holzschränke verstaut. Der Geschäftsmann erfreute sich einer treuen Kundschaft, die sein Angebot gut kannte und die er auf Bestellung auch belieferte.

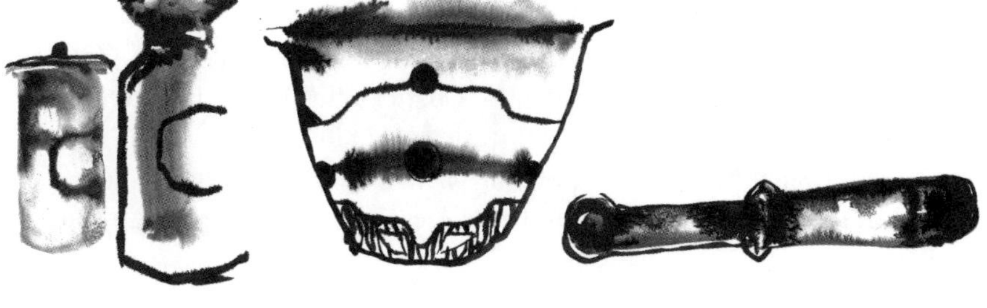

Mit seinem Papierblock in der Hand schaute Gaspar José zufrieden auf die neuen Kostbarkeiten. Er prüfte jedes Päckchen und jedes Fläschchen und erfasste es in seinen Büchern. Dann ließ er sie in den Regalen und Wandschränken verschwinden. Als die Theke wieder frei war, blickte er über seine runden Brillengläser zu Kassim.

»Und wann wirst du weiterreisen?«

»Nach dem Markt werde ich die Karawanen aufsuchen. Wenn morgen eine aufbricht, werde ich mitgehen«

Gaspar José seufzte. »Ach, die große, weite Welt.«

Im Laden war es warm und der Geschäftsmann rollte sich die langen Ärmel seiner blauen Schürze hoch.

»Ich bin zwar ein Händler, habe Kadut aber nie verlassen.«

»Was? Du bist nie gereist?«, fragte Kassim erstaunt. Er sah, wie Mehmet etwas behutsam aus seiner Tasche zog und auf den Tresen stellte.

»Nein, nie. Ich bin immer hier in meinem kleinen Winkel der Stadt geblieben«, lachte der Krämer.

»Aber jeder Mensch sollte doch einmal im Leben seinen Heimatort verlassen, um die Welt zu sehen!«, entgegnete Kassim.

»Ist das so? Du scheinst mir etwas voreilig mit deinen Vorstellungen vom Leben«, tadelte der Ladenbesitzer Kassim. Dann sah er die beiden Jungen an, nahm seine Brille von der Nase und zwinkerte Kassim zu. »Hast du je eine Gans gesehen, die haargenau dasselbe Maiskorn wie eine andere Gans frisst?«

»Nein, das ist nicht möglich«, antwortete Kassim.

»Eben. So etwas ist noch nie vorgekommen und es wird auch nie vorkommen. Genau so ist es auch mit den Erlebnissen und Erfahrungen, die für uns Menschen bestimmt sind. Jeder hat seinen eigenen Weg, der von niemand anderem gegangen werden kann. Jeder muss seine eigenen Abenteuer bestehen.« Er rieb sich mit seinen Fingern die Augen und schaute den Jungen an. »Das kommt nicht von mir, denn so klug bin ich nicht. Diese Weisheit habe ich – neben vielen anderen – von deinem Großvater. Gott segne ihn! Stell keine Gesetze auf, wie etwas zu sein hat, hat er mir einmal gesagt. Und außerdem ...«, er wies mit seinem Arm auf die deckenhohen Kästen hinter ihm, »... hier drin liegen unglaubliche Schätze aus aller Herren Länder. Die Welt ist über meinen Ladentisch zu mir gekommen. Zusammen mit vielen interessanten Menschen, die sie gebracht haben. Wieso sollte ich in die Welt ziehen, wo ich sie doch schon in meinem Laden habe?«

Kassim ließ seinen Blick über die Schränke, Schubladen und Truhen schweifen. Welche Geheimnisse waren wohl in ihnen verborgen? Der ganze Laden erschien ihm auf einmal größer, rätselhaft und unbekannt.

»Durch diese Tür kam vor einiger Zeit ein alter Herr, der einst in einer entlegenen Provinz ein angesehener Fürst gewesen war. Er hatte im Laufe seines Lebens seine ganzen Güter und Ländereien verloren und war am Ende besitzlos. Durch dieselbe Tür kam ein anderer Mann, der früher als Bettler in den Straßen von Kadut sein Leben gefristet hatte. Als ich ihn kennenlernte, hatte die Vorsehung ihn zu einem reichen Bürger gemacht. Und das Erstaunliche von alledem war: Beide Männer waren auf ihre Weise glücklich und haben ihr Schicksal angenommen. Verstehst du? Keine Geschichte ist gleich. Für jeden Menschen hält das Leben etwas anderes – etwas ganz Eigenes bereit. Man sollte nicht vergleichen und man sollte nicht vorschnell urteilen.« Er wischte sich mit einem Taschentuch den Schweiß von seiner Glatze.

»Ah, schau an«, sagte er dann und nahm eines der kleinen Päckchen, die Mehmet auf die Verkaufstheke gelegt hatte. Er wickelte den Stoff ab und hielt eine Schachfigur in der Hand.

»Wunderbare Arbeit, Mehmet. Du hast das Olivenholz gut ausgewählt!«, sagte der Geschäftsmann anerkennend und griff nach einer weiteren Figur, die er ebenfalls auspackte. Es war der König. Mit dem Daumen fuhr er über die liebevoll gearbeiteten Konturen.

»Würdest du noch einen weiteren Wunsch entgegennehmen, Mehmet?«, fragte er.

Als wäre er sich sicher, dass dieser die Aufgabe übernehmen würde, deutete Gaspar auf den Nebenraum und wandte sich wieder an Kassim: »Wie schon gesagt, nicht jeder muss sein Dorf verlassen. Denn wo sollten dann all die Wanderer einkehren, wenn es keine Sesshaften gäbe, die ihnen eine gemütliche Stube mit einer gedeckten Tafel bereitstellten?« Er zwinkerte ihnen zu und bedeutete ihnen mit einem Wink, ihm zu folgen. »Jetzt gibt es für uns alle eine Stärkung!«

Neben dem Verkaufsraum befand sich ein kleiner Salon, der mit einem Diwan aus dunkelrotem Samt ausgestattet war. Hier pflegte Gaspar José mit seiner Kundschaft feines Gebäck zu essen, Tee und Wein zu trinken und über die Geschäfte zu reden. Die zwei Jungen folgten ihm in das Gesellschaftszimmer. Durch ein mit Eisengittern verziertes Fenster fielen ein paar unsichere Sonnenstrahlen genau auf den gedeckten Tisch. Gaspar Josés Frau hatte ein Tablett dampfender Suppenschalen, Fladenbrot mit Oliven und einen Obstkuchen vorbereitet. Bei diesem Anblick merkte Kassim erst, wie hungrig er war und ließ sich auf den Polstern nieder.

Während sie aßen, unterhielten sich Gaspar José und Mehmet angeregt über die eingegangenen Kundenaufträge. Kassim hörte nur mit halbem Ohr zu. Auf einem saftigen Stück Kuchen kauend dachte er an die Karawanen vor der Stadtmauer und an das eine große, prächtige Zelt, das er schon von Weitem unter allen anderen Zelten erspäht hatte.

Nachdem sie etwa eine Stunde im Salon von Gaspar José gegessen und sich unterhalten hatten, verabschiedeten sie sich und brachen auf.

An einem der Marktstände kauften sie noch eine lange braune Tunika und zwei gestreifte Tücher und spazierten anschließend zum Seeufer. Mehmet wollte die Zeit, in der sein Vater und sein Onkel ihre Geschäfte erledigten, nutzen, um am Wasser ein paar Skizzen von den dort heimischen Vögeln anzufertigen.

Sie setzten sich in eine kleine Bucht, an der das dichte Schilf den Blick auf den See freigab. Kassim sah, wie ein Graureiher im flachen Uferwasser landete, und dachte an Gaspar Josés Worte. Er gab ihm recht, nicht jeder musste sein Dorf verlassen, um die Welt zu sehen. Und nicht jeder hatte den Traum, in die Ferne zu ziehen, um ein Abenteuer zu erleben. Er fragte sich, wie es wohl um Mehmet stand, der neben ihm zeichnete. Sein Freund hatte nie erwähnt, ob er auch gerne einmal etwas anderes sehen wollte, als nur das Hochtal. Immerhin war er drei Jahre älter als er. Ob er sich wünschte, an seiner Stelle zu sein?

»Ich bin gerne zu Hause«, sagte dieser plötzlich, als hätte er Kassims Gedanken gelesen. Er zog mit seinem Kohlestift einen feinen Strich. »Mir geht es wie Gaspar José. Ich entdecke jeden Tag etwas Neues, das ich auf meinem Papier festhalten möchte. Ich werde in meinem Leben nicht fertig damit, diese Fülle an Blumen und Tieren und den Ausdruck der Gesichter der Menschen im Dorf einzufangen. In jedem Moment verändert sich etwas. Schau dort, es ist gar nicht so einfach, diesen scheinbar reglosen Reiher auf Papier zu bannen. Wieso sollte ich weiter gehen, als bis nach Kadut?«

»Ich bin erleichtert, dass du so denkst«, entgegnete Kassim. Er pflückte einen Grashalm und steckte ihn in den Mund. »Ich bin zwar derjenige, der eine weite Reise machen darf, aber in Wirklichkeit müsste ich auf dich neidisch sein. Ich habe nichts. Ich habe keine echten Talente, so wie du.« Er deutete auf die angefangene Skizze.

»Das ist nicht wahr«, erwiderte Mehmet. »Jeder Mensch hat etwas, nach dem er sich mehr als nach allen anderen Dingen sehnt und etwas, das er besser kann als alle anderen.« Er schaute Kassim an. »Du weißt einfach noch nicht, was das bei dir ist.«

»Glaubst du wirklich?«

»Aber sicher. Gott würde nie das Talent eines Menschen verschwenden!« Mehmet lachte.

»Ist das wahr?«, hakte Kassim nach, um sicherzugehen, dass sein Freund keinen Scherz machte, denn über Gott hatten sie nie viel miteinander gesprochen. »Denkst du oft an Gott?«

»Nein«, gab Mehmet zur Antwort. »Ich denke eigentlich nicht viel über ihn nach.« Er schmunzelte, sagte dann aber in einem abwägenden Ton: »Aber wenn ich schnitze oder zeichne, dann kommt mir manchmal schon der Gedanke, er könnte da sein.«

Kassim schwieg und beobachtete, wie sich der Fischreiher wieder in die Luft erhob. Er zog ein paar Kreise über ihnen und flog dann mit eleganten Schwüngen dem Horizont entgegen.

Es gibt da schon etwas, nach dem ich mich sehne, dachte er. *Aber ich kann es Mehmet nicht sagen. Er würde mich auslachen, wenn er hören würde, dass ich gerne ein Held wie Jago werden möchte. Und dann das mit Gott. Würde er es verstehen, wenn ich ihm sagen würde, dass ich ihn finden will, so wie Babbo ihn gefunden hat?*

Er hätte zwar gerne einmal mit seinem Freund darüber gesprochen, beschloss aber, dass es besser war, seine Träume erstmal für sich zu behalten.

Nachdem Mehmet seine Zeichnungen fertiggestellt hatte, schlenderten sie zum Viehmarkt. Am Stand eines beleibten Bauerns stießen sie auf ihre Reisebegleiter. Die beiden ereiferten sich mit dem Züchter über die Vorzüge der unterschiedlichen Ziegenrassen.

Trotz der Einwände der anderen bestand Kassim darauf, alleine zu den Karawanen ans westliche Seeufer zu gehen. Er verabschiedete sich von den beiden Männern und als er von Mehmet fest an die Brust gedrückt wurde, dachte er für einen kurzen Moment, er hätte ihm seine Träume doch anvertrauen sollen. Aber da sie nun nicht mehr allein waren, schwieg er. Es wäre ihm unangenehm gewesen, wenn die anderen etwas mitbekommen hätten. Er verließ den Platz und sie winkten sich noch lange nach.

Auf dem Feld vor der kleinen Zeltstadt band er Tebl an einen alten Olivenbaum. Wie ein zeitloser Wächter schützte er mit seinen knorrigen Ästen vor der Mittagssonne. Etwas abseits am Wasser standen die Lasttiere: eine sehr große Anzahl Dromedare, Maultiere und Esel, und ein paar Schritte weiter weideten die Pferde. Die Arbeiter der Karawanen ruhten sich aus. Einige von ihnen lagen im Schatten einfacher Sonnensegel, manche saßen zusammen, unterhielten sich und tranken Tee, andere vergnügten sich mit einem Würfelspiel.

Kassim ging auf das größte Zelt zu. Es schien das Quartier der bedeutendsten Karawane zu sein und war im Gegensatz zu den anderen braunen Unterkünften aus gelb gestreiftem Zelttuch errichtet. Keiner der Kamelführer achtete auf Kassim, als er an ihnen vorbeiging und vor der vornehmen Unterkunft stehen blieb. Er zögerte einen Augenblick, dann fasste er sich ein Herz und trat unter das Stoffdach, das über dem Eingang Schutz vor der Sonne bot. Hinter einem Vorhang, der sich leicht im Wind bewegte, hörte er, wie sich zwei Männer unterhielten, konnte aber nicht verstehen, was sie sagten.

»Darf ich eintreten?«, fragte er mit lauter Stimme durch den dunklen Stoff.

»Wer ist da?«, ertönte es dahinter. »Kommt schon herein!«

Kassim trat ein. Als sich seine Augen an das gedämpfte Licht gewöhnt hatten, erblickte er einen kräftigen Mann mittleren Alters mit einem von der Sonne gebräunten Gesicht und gepflegtem, langem Bart. Der Fremde trug einen grün-schwarz-gemusterten Mantel und saß hinter einem Tisch auf einem niedrigen, breiten Ledersessel. Neben ihm stand ein zweiter Mann mit einem Dreitagebart und grauer, unauffälliger Kleidung. Er war groß gewachsen und seine Haut war noch brauner gebrannt als die des anderen, seine Haare waren schwarz und fast schulterlang. In seinem linken Ohr trug er einen silbernen Ring.

»Ich suche eine Karawane, der ich mich anschließen kann«, trug Kassim sein Anliegen vor. »Bin ich hier richtig? Führt Ihr eine Karawane?« Er richtete seine Frage an den sitzenden Mann, der ihm aufgrund der edlen Kleidung die höhere Stellung innezuhaben schien. Dieser beäugte den Jungen kritisch. »Das tue ich.« Dann lehnte er sich auf seinem Ledersessel so stark zurück, dass es knarrte. »Wie ist dein Name und wohin willst du?«

»Ich heiße Kassim. Ich komme aus einem kleinen Dorf aus den Bergen und ich möchte nach Meside.«

»Nach Meside? Dorthin reisen wir nicht.«

»Ihr reist nicht nach Meside?«, wiederholte Kassim, als hätte er es nicht verstanden.

Der Mann stützte sich auf die Armlehnen des Sessels und erhob sich. »Na ja, nicht ganz. Unsere Route hat in Zah begonnen und geht nach Ramar. Von dieser Verbindung hast du sicherlich schon einmal gehört.« Er stellte sich vor den Tisch, auf dem ein Stapel vergilbter Papiere lag, zog ein größeres Blatt daraus hervor und strich es vor dem Jungen glatt. Es war eine Landkarte. Mit seinem Zeigefinger fuhr er auf dem Papier einer Linie entlang und tippte dann auf eine Stelle irgendwo im Nirgendwo. Kassim erkannte auf der Zeichnung die nördliche Küste des Landes und die am Meer gelegene Stadt Zah. Darunter konnte er das hohe Gebirge, das sie vom Inland trennte erkennen, das Richtung Süden in kleinere Berge auslief. Ungefähr dort war sein Heimatdorf und etwas weiter südlich lag Kadut mit dem See. Ab dort sah es so aus, als wäre die Karte nicht weitergezeichnet worden. Eine weiße Fläche ohne Anhaltspunkte. Das musste die Wüste sein. An dem Punkt, an dem der Finger des Mannes innehielt, waren eng beieinander fünf kleine schwarze Kreuze eingezeichnet.

»Das ist das Fünfbrunnenkreuz. Hier kommen die meisten Karawanen vorbei, um ihre Tiere zu tränken. Mitten in der Wüste. Von dort aus reisen wir weiter nach Westen.« Sein Finger glitt weiter über die Karte, bis er auf der Hafenstadt Ramar liegen blieb.

»Und Meside liegt hier.« Er tippte auf eine Stelle in entgegengesetzter Richtung ganz rechts auf der Karte. »Die Strecke bis zum Fünfbrunnenkreuz kannst du mit uns reisen, wenn du möchtest. Von dort aus müsstest du allerdings mit einer anderen Karawane nach Osten weiterziehen.«

Der Karawanenführer setzte sich wieder in seinen Ledersessel.

»Wie viel müsste ich für die Mitreise bis zum Fünfbrunnenkreuz bezahlen?«

»Zweihundert Denar.«

Der Betrag schien Kassim fair zu sein und er hatte das Gefühl, das es ein Fehler wäre, bei dieser Entscheidung zu zögern.

»Dann werde ich mitreisen«, sagte er und fügte hinzu, in der

Hoffnung, seine Stimme würde sicher klingen: »Hundert Denar werde ich gleich bezahlen und hundert Denar, wenn wir beim Fünfbrunnenkreuz ankommen.« Babbo hatte ihn angewiesen, so zu verfahren. Er hielt es wohl für sicherer.

Der Anführer lachte laut heraus, sodass er in seinem Stuhl vor- und zurückwippte. »Wie alt bist du?«

»Vierzehn.«

»Abdelkader, was sagst du dazu? Wollen wir diesen altklugen Bengel mitnehmen?«

Der andere Mann, der bis jetzt geschwiegen hatte, sah den Jungen prüfend an. Offenbar schien er in dieser Sache das letzte Wort zu haben. Er ließ sich mit seiner Antwort Zeit und Kassim befürchtete schon, er würde ihm einen Strich durch die Rechnung machen. Dann aber sagte er nur trocken: »Einverstanden.«

Der Karawanenführer wandte seinen Kopf von dem wortkargen Mann zurück zu Kassim und strich sich durch den Bart. »Dann ist es abgemacht. Geh mit Abdelkader, er wird dich zu seinen Männern bringen.«

Abdelkader ging aus dem Zelt und Kassim folgte ihm. Auf dem Vorplatz drehte er sich zu Kassim um und deutete mit einer ausladenden Geste auf die umliegenden Zelte und Sonnensegel: »Die Karawane umfasst insgesamt vierzehn Mann und wir treiben zusammen über hundert Lasttiere«, erklärte der Kamelführer. »Mir ist eine Gruppe von sieben Männern zugeteilt. Ein Mann namens Simone ist zuständig für die Arbeiter, die sich um die Maultiere kümmern. Bist du allein oder führst du ein Tier mit dir?«

»Ich habe eine Eselstute. Sie heißt Tebl«, antwortete Kassim. »Ich habe sie vor dem Lager an einen Olivenbaum gebunden.«

»Musst du noch etwas in Kadut oder sonstwo besorgen?«, wollte der Kameltreiber wissen.

»Nein. Ich habe alles bei mir«, erwiderte Kassim, ging zur Sicherheit aber nochmal alles durch: Zephiros Tasche war zusammen mit dem Geld in dem Beutel, den er sich umgehängt hatte. Sein Messer hing an seinem Gürtel und das Stöckchen, mit dem er die Tage zählen wollte, hatte er in der Hosentasche. Alles andere war in der Satteltasche verstaut. Von der Ernte hatte er noch ein Töpfchen Honig und ein Gläschen des blauen Pfeffers für sich behalten. Weitere Verpflegung würde er nicht benötigen, denn er wusste, die wohlhabenderen Karawanen verfügten über eigene Köche und er würde als zahlender Mitreisender zusammen mit den Männern essen.

»Du bist unser einziger Reisegast«, sagte Abdelkader. »Und wirst es wohl auch bleiben, denn ich denke kaum, dass bis morgen früh noch jemand dazustoßen wird. Wir brechen zeitig auf.«

Sie gingen zum See, wo die Tiere der Karawane weideten. Abdelkader wies Kassim an, seine Eselstute zu den Mulis zu bringen. Also machte er sich auf, um Tebl zu holen.

Auf dem Weg durch das Lager sah Kassim, dass die Handelsfracht, die aus verschieden großen Säcken, Paketen, Rollen und Kisten bestand, von Männern mit Gewehren bewacht wurde. Ein mulmiges Gefühl machte sich in seiner Magengegend breit. So gut bewaffnete Männer hatte er bisher noch nicht gesehen. Das Brüllen eines Kamels riss ihn aus seinen Gedanken. Eine Welle aus Freude und Ehrfurcht durchströmte ihn. Diese Geschöpfe hatten ihn schon immer beeindruckt. Jedes Mal, wenn er mit seinem Großvater in Kadut gewesen war, hatte er die imposanten Tiere aus der Ferne beobachtet. Bei Tagesanbruch würde er zum ersten Mal mit ihnen die Wüste betreten. Er warf einen Blick in den Himmel und sah zu, wie sich die Sonne langsam orange färbte.

Die Luft war trocken und flimmerte. Kassim tat es dem Kamelführer und den anderen Männern gleich, und trug über Jacke und Hemd seine lange Tunika. Aus einem der Schaltücher band er einen Turban, der ihn vor der Sonne schützte, die gnadenlos auf sie herabbrannte. Doch trotz seiner schützenden Kopfbedeckung und der langen Kleidung stach die Hitze auf seinen Kopf und seine Schultern. Das Atmen fiel ihm schwer und seine Augen schmerzten. Von seinem Leben in den Bergen war er es gewohnt, sich unter den Schatten eines Busches oder Baumes zurückziehen zu können, wenn die Hitze an einem Sommernachmittag zu arg brütete. Aber die Anhöhen und ihr saftiges Grün waren schon nach einem halben Tag außer Sichtweite und die Sonne glühte unbarmherzig mit ihrer ganzen Kraft auf das Meer aus Sand und Steinen.

Umhüllt von einer riesigen Staubwolke zog die Karawane durch die trockene Ödnis. Den Männern schienen die hohen Temperaturen nichts auszumachen, sie trieben gemeinsam mit den Hunden die Kamele, Pferde und Maultiere zügig voran, riefen einander zu, scherzten und lachten. Kassim verstand oft nicht, was sie sagten, denn viele von ihnen unterhielten sich in einer fremden Sprache. Er ging still neben Tebl her und war erleichtert über jede Pause, die sie während ihres Marsches einlegten.

Der Anbruch der Dämmerung kam einer Erlösung, einem Befreiungsschlag gegen die drückende Hitze gleich. Endlich konnte man wieder durchatmen. Mit dem Dunkel der Nacht kam allerdings auch eine bittere Kälte. Um so mehr wusste er das Lagerfeuer, welches die Männer entfachten, zu schätzen. Auch heißer Tee, Eintopf und geröstetes Brot waren ihm sehr willkommen.

Obwohl er den ganzen Tag mit den anderen gewandert war und nun mit ihnen vor den wärmenden Flammen saß, fühlte er sich allein. Er war ein Fremder und keiner kümmerte sich um ihn. Von seinem Großvater, Zia und Mehmet getrennt zu sein, fiel ihm schwerer, als er vermutet hatte, und in seinem Inneren machte sich eine sonderbare Leere breit.

Im Schein des Feuers holte er sein Hölzchen aus der Hosentasche und schnitt die erste Kerbe in das weiche Holz. Er musste an die Worte von Zia denken. Dann starrte er in die Glut und betete: *Gott, lass den nächsten Tag anders werden. Hilf mir, mich an die Wüste zu gewöhnen. Wie kann es sein, dass ich unter Menschen bin und mich trotzdem einsam fühle?*

Aber der zweite Tag war wie der erste. Und der dritte ebenso.

Früh am Morgen des vierten Tages erwachte Kassim mit müden Beinen und einem dumpfen Kopf. Hundegebell und der Geruch von Kameldung hatten ihn geweckt. Er hatte die halbe Nacht wach gelegen und das bisschen Schlaf, das er dann doch finden konnte, war wenig erholsam gewesen.
Die Männer der Karawane waren schon vor der Morgendämmerung aufgestanden und nutzten die letzte kühle Stunde, um die Lasttiere zu bepacken.

Schlaftrunken rollte er seine Decke zusammen, zog seine Jutetasche zu sich heran und wollte für den Morgentee Mehmets Schale herausholen. Als er in den Beutel griff, bemerkte er, dass etwas fehlte. Großvaters Säckchen mit dem Geld war weg! Er schüttete den Inhalt seiner Tasche auf die Erde, aber das Beutelchen war nicht darunter. »Gestern war es noch da!«, flüsterte er panisch. Er hatte es doch noch in der Hand gehabt, als er am Nachmittag Zephiros Ledermappe, die ihm seltsam schwer erschien, in die Satteltasche gepackt hatte.

Die Karawane hatte gestern *Das Band der weißen Dünen* durchquert. So jedenfalls hatten die Kameltreiber die Gegend genannt. Kassim spürte jetzt noch die heftigen Windböen gegen die sie ankämpfen mussten und den Sand, der so feinkörnig gewesen war, dass er durch jede Ritze in ihre Kleider und Schuhe eingedrungen war.

Er untersuchte ein zweites Mal sein Schlaflager und den Zeltboden, aber er fand nichts. Schnell packte er seine Sachen und verließ das Zelt, um nach Tebl zu sehen. Er hoffte, dass er das Geld aus Versehen zusammen mit Zephiros Tasche bei ihr verstaut hatte. Wie sollte er die Karawane bezahlen, wenn sein Geld im Sandsturm verloren gegangen war?

Er eilte vorbei an den kleinen Morgenfeuern, die nach und nach auf dem Lagerplatz entfacht wurden, zu den Mulis. Als die Eselstute sich ihm zudrehte, war er froh, sie zu sehen, und streichelte ihre weiche Schnauze. Im Halbdunkel untersuchte er die

Satteltasche und die Decke, die neben Tebl lagen. Er durchwühlte den Sand rund um die Stelle, wo Tebl geschlafen hatte, doch er konnte noch so wild suchen, das Säckchen mit dem Geld tauchte nirgends auf. Verzweifelt überlegte er, wo es noch sein könnte. Da kam ihm ein übler Verdacht.

Er beschloss, mit Abdelkader zu sprechen. Im Dämmerlicht versuchte er ihn unter den Männern, die dabei waren, die Trampeltiere zu beladen, auszumachen. Der Kameltreiber stand zusammen mit zwei Arbeitern neben einigen Holzkisten. Kassim rannte zu ihnen.

Abdelkader deutete auf die Ledergurte an den Kisten und unterwies die beiden Männer in einer fremden Sprache.

»Abdelkader«, schnaufte Kassim, vom Laufen ganz außer Atem. Er konnte nicht warten, bis dieser fertig war, seine Befehle zu geben: »Ich muss mit dir reden! Es ist etwas passiert!«

Der Angesprochene drehte sich zu ihm und schaute ihn mürrisch an. Dann bedeutete er dem Jungen, mit ihm zur Seite zu treten, so als wollte er nicht, dass die anderen von ihrer Unterredung abgelenkt wurden.

»Kann das nicht warten, bis ich hier fertig bin? Was gibt es denn?«

»Man hat mich bestohlen! Einer der Männer hat mein Geld genommen«, behauptete Kassim.

Der Kameltreiber stemmte seine Arme in die Hüften.

»Bestohlen?«, wiederholte er und schüttelte dabei verneinend den Kopf.

»In meiner Karawane stiehlt niemand.«

»Aber wenn ich es dir doch sage!«, rief Kassim verzweifelt. »Mein Geld ist fort.«

»Ich habe nicht gesagt, dass dein Geld nicht weg ist. Ich habe nur gesagt, dass keiner meiner Männer ein Dieb ist«, stellte Abdelkader klar.

»Aber das Säckchen kann sich doch nicht einfach in Luft auflösen? Gestern hatte ich es noch. Es war immer bei mir – hier in meiner Tasche.« Kassim hob seinen Jutebeutel hoch. »Ich habe auch die Sachen von Tebl durchsucht. Er ist nicht zu finden. Einer der Arbeiter muss ihn genommen haben.«

»Das ist eine schwere Anschuldigung, die du da äußerst. Ich stehe für meine Männer ein. Seit bald zwanzig Jahren durchqueren wir zusammen die Wüste. Weißt du, was das bedeutet? Wir verlassen uns aufeinander. Ich sage es noch einmal: Unter uns gibt es keinen Dieb.«

Der Kameltreiber war aufgebracht und wollte sich gerade von ihm abwenden, hielt dann aber nochmals inne und fügte hinzu: »Ich betrachte deine Behauptung als eine Ehrverletzung. Wenn du darauf bestehst, jemanden zu beschuldigen, musst du zum Anführer gehen. Ich werde meinerseits nichts unternehmen.«

Dann wandte er Kassim den Rücken zu und ging. Für eine ganze Weile stand Kassim vor Bestürzung regungslos da. Er hatte fest damit gerechnet, dass der Kameltreiber über den Vorfall ebenso entrüstet sein würde wie er und dass er ihm helfen würde. Im Schein der aufgehenden Sonne sah er, wie die Männer beim Zusammentreiben der Lasttiere Staub aufwirbelten. Es herrschte Aufbruchsstimmung und er hatte das drängende Gefühl, irgendetwas tun zu müssen, bevor sie diesen Ort verließen. Er musste sein Geld wiederbekommen, es war außer Zephiros Tasche alles von Wert, was er besaß. Es blieb ihm nur eine Möglichkeit. Er drehte sich um und begab sich zum Hauptzelt, das inmitten des Treibens unberührt dastand. Es wurde stets als erstes errichtet und als letztes abgebaut.

»Komm herein«, sagte die Stimme des Karawanenführers, als der Junge um Einlass bat. Kassim schob den Vorhang zur Seite und betrat das Zelt. Vornübergebeugt stand der Karawanenführer am Tisch und betrachtete eine Karte. In seiner Rechten hielt er eine dampfende Tasse.

»Was gibt es?«, fragte er und richtete sich auf.

Seit Kadut hatten sie nicht mehr miteinander gesprochen. Kassim hatte ihn meist nur aus der Entfernung auf seinem weißen

Hengst am Kopf der Karawane reiten sehen. Abends, wenn das Lager aufgeschlagen war und alle beisammensaßen, zog sich der Oberste der Karawane stets in sein Quartier zurück.

Kassim schilderte, was sich in der letzten halben Stunde ereignet hatte und der Karawanenführer hörte zu, ohne ihn zu unterbrechen. Nach Ende des Berichts ging er vor das Zelt und gab einem der Arbeiter die Order, Abdelkader zu holen, der bald darauf erschien.

»Du weißt, was der Junge hier behauptet.« Der Karawanenführer nahm seine Tasse, die er auf dem Tisch abgestellt hatte, wieder in die Hand und ließ sich in seinem Ledersessel nieder. Er trank einen großen Schluck und fuhr dann in aller Ruhe fort: »Abdelkader, versicherst du mir, dass keiner unserer Männer ein Dieb ist?«

»Ja«, antwortete dieser ohne Umschweife.

»Du hast es gehört«, sagte das Oberhaupt an den Jungen gewandt. Er stellte seine Tasse ab und faltete die Hände im Schoß, als wäre der Fall abgeschlossen.

»Aber so einfach ist das nicht«, rief Kassim entrüstet. »Dabei kann man es doch nicht belassen.«

»Und warum nicht? Wieso sollte dieses Urteil nicht gültig sein?« Der Karawanenführer blickte hinunter auf seine braunen Finger, an denen einige goldene Ringe glänzten. »Du scheinst etwas zu vergessen: Du bist hier nicht zu Hause. Bei uns herrschen andere Gesetze. Andere, als die, die du zu kennen meinst und auf die du dich berufst. Und eines unserer Gesetze ist, dass wir unseren Leuten vertrauen. Nun sag du mir bitte, der du einen Dieb in unseren Reihen vermutest, welchen von unseren Männern wir bezichtigen sollen.« Er schaute den Jungen eindringlich an.

»Eine Untersuchung ist nötig«, stammelte Kassim.

»Wenn man vertraut, braucht man keine Untersuchung. Glaube mir, wir bedauern den Verlust deines Geldes. Aber dafür muss nicht einer von uns die Schuld tragen. Vor allem nicht, wenn wir unsere Leute besser kennen als dich. Woher wissen wir, ob du die Wahrheit sagst und wir dir vertrauen können? Du verlangst, dass wir den Glauben in unsere Männer für dich aufgeben. Ist das so?«

Kassim war vollkommen verwirrt und konnte nichts erwidern. Sein Gesicht wurde heiß und lief rot an. Er begann am ganzen Körper zu schwitzen. Der Karawanenführer fuhr fort: »Ich nehme an, es war alles an Geld, was du bei dir hattest?«

»Ja, das war alles.« Er erfasste, worauf die Frage abzielte, und ihm stockte der Atem.

»Die erste Hälfte des Reisepreises hast du schon bezahlt.« Der Karawanenführer erhob sich und ging langsam im Zelt auf und ab. »Was machen wir nun mit dem Rest deiner Verpflichtung, jetzt, da du keinen einzigen Denar mehr besitzt?« Er blieb stehen und verschränkte die Arme vor der Brust.

Kassim blickte hilfesuchend zu Abdelkader, doch der zuckte nur mit den Schultern.

»Ich weiß es nicht«, murmelte Kassim leise.

»Also ich wüsste da vielleicht doch Etwas«, meinte Abdelkader und runzelte die Stirn.

»An was denkst du?« Insgeheim hatte Kassim die Hoffnung, dass Abdelkader seine Männer unter diesen Umständen vielleicht doch wenigstens befragen würde.

»Du wirst uns bei der Arbeit helfen müssen, um deine Schuld abzutragen«, erklärte Abdelkader.

Der Anführer nickte mit dem Kopf: »So machen wir es.«

Damit schien die Unterredung für ihn beendet zu sein, denn er schritt zum Zeltausgang und sagte: »Und jetzt muss ich meine Anordnungen zur Weiterreise geben.« Er ging hinaus und Kassim hörte, wie er den Namen eines anderen Mannes rief.

»Du hast es gehört. Wir müssen vorwärts kommen«, sagte Abdelkader und ging ebenfalls zum Ausgang.

Keiner schien sich dafür zu interessieren, ob Kassim mit dieser Lösung einverstanden war. Er war zwar erleichtert, dass sie ihn weiter mitreisen ließen, aber es machte ihn wütend, so ungerecht behandelt zu werden. Für den Augenblick schien es ihm aber klüger, sich still zu verhalten. Zusammen mit dem Kameltreiber verließ er mit hängendem Kopf das Zelt.

»Ich habe gesehen, dass du betest. Jeden Abend. Stimmts?«, bemerkte dieser und steuerte mit schnellen Schritten auf die Kamele zu, die an einem langen Strick zusammengebunden auf ihren Aufbruch warteten. Kassim stolperte hinter ihm her. »Also, wenn du schon an Gott glaubst, dann bete doch zu ihm, er solle dir in deiner Not helfen. Vielleicht schickt er dir ja dein Geld wieder?« Er stieß schnaubend ein Lachen aus. »Geh und pack deinen Esel. Binde ihn an das Seil der Maultiere und kehr dann zu mir zurück.«

Kassim tat, wie ihm befohlen. Als er zu Tebl kam, lagen seine Sachen noch immer auf dem Boden, wie er sie zurückgelassen hatte. Er umarmte den Hals der Eselstute und drückte seinen Kopf in ihr Fell, das nach Sand und Wind roch. Er dachte daran, wie schwer die Männer arbeiteten und fragte sich, wie streng der Kameltreiber – dessen Härte und Spott er gerade eben schon zu spüren bekommen hatte – ihn fortan behandeln würde.

»Meine gute Tebl, ich weiß nicht, wie es so weit kommen konnte«, flüsterte er. »Ja, ich sollte jetzt beten, auch wenn Abdelkader mich deswegen für dumm hält. Babbo würde mir das jetzt raten.« Er dachte nach. »Glaubst du, dass Babbo sich irren kann? Sein Rat hat mir nichts genutzt. Wenn ich von Anfang an das gesamte Reisegeld bezahlt hätte, dann hätte ich jetzt keine offene Schuld.«

Es erfüllte ihn mit Kummer, dass er anfing, an der Weisheit seines Großvaters zu zweifeln. Er schluckte mehrmals, aber der brennende Knoten in seinem Hals verschwand nicht. Mit dem Gesicht in Tebls Fell verborgen hoffte er, für einen Augenblick alles zu vergessen und unsichtbar zu sein. Aber in diesem Moment rief Abdelkader seinen Namen über den gesamten Platz. Kassim richtete sich auf, zog Zephiros Tasche aus der Satteltasche, schob sie unter seine Tunika und klemmte sie unter seinem Gürtel fest. Er wollte sie auf keinen Fall auch noch verlieren.

Geschwind packte er seine übrigen Sachen auf Tebls Rücken und band sie an das Seil der Maultierherde. Er schaute nach oben in den zart-blauen Himmel und dann hinüber zu den abgebauten Zelten. Dann tat er das, worüber Abdelkader sich so abfällig geäußert hatte: Er betete leise, während er zu den anderen eilte.

Die Karawane war nach einer festgelegten Ordnung aufgestellt. Die Spitze bildete der Karawanenführer mit seinen Pferden, dann folgten die Dromedare und zuletzt die Männer mit den Maultieren. Hier waren Kassim und Tebl bisher mitgelaufen. Abdelkader hatte ihn angewiesen, ab sofort seinen Platz vorne bei den Kamelen einzunehmen und den Esel wie ein weiteres Lasttier bei den Mulis zu lassen.

In den nächsten Tagen arbeitete der Kameltreiber den Jungen ein. Er lehrte ihn, wie man sich den Trampeltieren näherte, wie man sie zäumte, sie belud und lenkte. Kassim machte die Erfahrung, dass diese Geschöpfe ebenso störrisch sein konnten, wie seine Ziegen. Ruhe und Autorität waren vonnöten, um sie für sich zu gewinnen. Die meiste Zeit hielt er sich an der Seite des Kameltreibers auf. Er wanderte oder ritt neben ihm auf einem der Dromedare, nahm Befehle entgegen und arbeitete ihm zu oder saß zusammen mit ihm am Feuer, wenn sie rasteten. Die anderen Männer begannen, Kassim freundlicher zu begegnen, und brachten ihm ein paar Worte ihrer Sprache bei. Wenn sie miteinander ihre Späße trieben, lachte er mit, denn er konnte nun den Sinn ihrer Witze verstehen.

Egal woher wir kommen und wie wir sprechen, wir scherzen alle über das Gleiche, ging es ihm durch den Kopf. *Und wenn man zusammen lacht, ist es, als ob man seine Gedanken teilt.*

Nach der Arbeit ging er stets zu Tebl, um sie abzuhalftern, und er bemerkte, dass sie sich mit der Zeit immer zu denselben drei Maultieren gesellte, offenbar schien auch sie Freundschaft geschlossen zu haben.

Auch das Essen begann ihm besser zu schmecken, was auch sein Verdienst war. Er hatte dem Koch den Pfeffer und die Kräuter seines Großvaters gegeben und dieser hatte sich so gefreut, dass er von da an das Mahl gemeinsam mit ihm würzen durfte.

Eines frühen Abends klopfte sogar Abdelkader dem Jungen anerkennend auf die Schulter und lobte ihn. Er fand, dass Kassim bei der Verrichtung seiner Aufgaben immer schneller und geschickter wurde. Nun sei es Zeit, ihm das Schießen mit dem Gewehr beizubringen, meinte er, denn Kassim wäre jetzt einer von ihnen. Er sei überzeugt, er würde ein guter Schütze und Wächter werden.

Wenn die Nacht hereinbrach, war Kassim zwar genauso erschöpft, wie in den ersten Tagen der Reise, aber seine Niedergeschlagenheit war verflogen. Er dachte viel an Jago und war stolz auf sich. Über all dem vergaß er, dass ihm sein Geld abhandengekommen war.

Als sie eines Tages früher als sonst ihre Lagerstätte erreichten, zeigte Abdelkader seinem neuen Gehilfen, welche Fracht sich unter den Planen, in den Taschen und Behältern der Karawane verbarg.

»Schau, hier haben wir Salz aus den Salinen der östlichen Berge. Koste es!« Abdelkader schnürte einen der grauen Säcke auf und Kassim sah kleine, kristalline Brocken darin. Er griff hinein, suchte mit den Fingern nach einigen kleineren Körnchen und steckte sie sich in den Mund. »Es schmeckt würziger und doch milder als normales Salz«, meinte er.

Abdelkader nickte zustimmend und band den Sack wieder zu, dann deutete er auf die lang geformten Tontöpfe, die er aber verschlossen ließ. »Hier haben wir etwas, das du kennen wirst. Feinstes Mandelöl aus deiner Heimat, dem Umland von Kadut«, erklärte er.

Sie schritten weiter zu einigen in dicke Jute eingeschlagene Stangen und Abdelkader zog bei einer den Stoff zurück. Zum Vorschein kam ein schwarzer Balken. »Das ist Ebenholz aus Übersee. Wir holen es in Zah und transportieren es in eine kleine Stadt kurz vor Ramar, wo es in einer Werkstatt zu Möbelstükken verarbeitet wird. Vor allem mächtige Männer wie Politiker und reiche Kaufleute lassen sich gerne Schreibtische daraus fertigen, an denen sie ihre Verträge und sonstige wichtige Papiere unterzeichnen. Papierwüsten!« Der Kameltreiber lachte laut und schüttelte den Kopf. »Da ist mir die echte Wüste lieber!«

Kassim strich über das dunkle Holz und dachte an Mehmet, der sicher begeistert davon gewesen wäre. Dann zog er sein Messer aus der Scheide.

»Abdelkader, schau, ich glaube, der Griff meines Messers ist aus diesem Holz.« Er reichte es ihm.

Dieser drehte es zwischen den Fingern und untersuchte es genauer. »Ich glaube, du hast recht. Einen schönen Dolch hast du da.« Er las den Namen, der in das Heft eingeschnitzt war, dann lächelte er sanft und gab dem Jungen das Messer zurück.

»Er war ein Geschenk.«

»Du musst ihn von jemandem bekommen haben, dem du viel bedeutest.«

Beide schwiegen eine Weile. Kassim fragte sich, ob es im Leben des Wüstenmannes auch einen Menschen gab, für den er wichtig war und der vielleicht irgendwo auf ihn wartete. Aber er traute sich nicht, ihn darauf anzusprechen, und fragte stattdessen: »Was denkst du, wird man nur für das geliebt, was man tut?«

»Wenn es so wäre, würde dich das bekümmern?«, entgegnete Abdelkader und grinste ihn schief an. »Bei wem möchtest du dich beliebt machen? Bei den Menschen in deinem Dorf? Bei deinem Gott?«

»Wenn ich ehrlich bin bei beiden. Dieser Gedanke macht mir wirklich zu schaffen.«

»Es ist dir also wichtig, was andere über deine Taten denken und ob sie dich lieben?« Abdelkader schüttelte ablehnend den Kopf und fuhr fort, ohne eine Antwort abzuwarten: »Nein, nein. Davon musst du dich frei machen, sonst bist du nichts weiter als ein Sklave der Erwartungen anderer und musst stets das tun, was in ihren Augen richtig ist. Und was ist schon richtig oder falsch? Wieso lässt du das einen anderen beurteilen?«

»Ich habe daran auch meine Zweifel«, gestand Kassim. »Aber ist man wirklich so frei? Brauchen wir nicht alle die Liebe der anderen?«

»Aber was ist das für eine Liebe? Eine Liebe, die Bedingungen stellt?«, sagte der Mann und schaute nachdenklich auf die Waren, die vor ihnen lagen. »Lieber bin ich allein.«

»Lieber allein?«, wiederholte Kassim. Diese konsequente Haltung passte zu Abdelkader. Aber im Kern hatte dieser nur in anderen Worten ausgedrückt, was auch Kassims Überzeugung war. In der Nacht im Hain hatte er noch zu Mehmet gesagt, dass die Liebe kein Tauschhandel sein könne.

Aber es kam ihm schrecklich vor, wenn man deshalb allein bleiben musste. Er hoffte aus tiefstem Herzen, dass dies nicht die endgültige Antwort war.

»Allein zu sein ist nicht so schlecht, wie du denkst«, unterbrach Abdelkader seine Gedanken und lachte. »Am Ende ist jeder von uns allein.« Dann machte er ein paar Schritte zur Seite, blieb vor einem der mit Lederriemen verschlossenen Holzkästen stehen und öffnete den Deckel. »Das Beste zum Schluss.«

»Was ist das?«, fragte Kassim und näherte sich der Kiste. Zwischen dem Stroh und dem braunen Stoff, die sich darin befanden, funkelte es verräterisch.

»Das hier sind ziselierte Gefäße aus teilvergoldeter Bronze«, erläuterte Abdelkader, zog einen glänzenden Teller hervor und reichte ihn dem Jungen, der sie fasziniert musterte. In die Metalloberfläche war in feinen Linien ein Bild aus verschlungenen Ranken und Blättern getrieben.

»Das Geschirr kommt aus Syrien. Jetzt weißt du, warum diese Holzkisten so schwer sind. Es ist das Werk eines alten Meisters aus Damaskus. Seine Ziselierarbeiten sind unvergleichlich. Je länger du sie betrachtest, desto mehr Schönheit wirst du in ihnen entdecken. Das ist Kunst. Es ist fast so etwas wie Magie.«

Kassim sah im Muster des Tellers hinter dem Geflecht der Zweige einen Sichelmond und Sterne aufscheinen und zwischen ihnen langfiedrige, exotische Vögel ihre Kreise ziehen. Es war eine Welt voll mystischer Anziehungskraft und Schönheit.

»Ist es das Kostbarste, das ihr mit euch führt?«, fragte er und legte die Bronzeplatte behutsam in das Stroh zurück.

»Wir haben nie etwas Wertvolleres transportiert als dieses Geschirr. Neben den Edelsteinen, selbstverständlich.«

»Ihr handelt mit Edelsteinen?«, wiederholte Kassim und griff sich an sein Hemd, wo er Zephiros Tasche spürte. Er zog sie hervor und hielt sie ihm zur Begutachtung hin. »Das hier muss ich zu einem Freund meines Großvaters nach Meside bringen.«

»Was ist drin?«, wollte Abdelkader wissen.

»Ich weiß es nicht. Ich hatte gehofft, du wüsstest vielleicht, wofür eine solche Tasche gebraucht wird.«

»Du weißt nicht, was sie enthält? Hat es dir dein Großvater denn nicht gesagt?«

»Er weiß es auch nicht. Könnte sie vielleicht für den Transport von seltenen Schmucksteinen verwendet werden?« Kassim sprach schnell, denn er wollte die Umstände seines Auftrags nicht erklären. Er befürchtete, damit wieder Spott auf sich zu ziehen.

»Ihr wisst nicht, was in der Tasche ist? Ihr habt sie nie geöffnet?« Abdelkader war erstaunt, hakte aber nicht weiter nach, sondern wog die Ledermappe prüfend in seiner Hand. »Es könnten schon Edelsteine sein … oder aber …«, er lachte erneut laut heraus, »… alter Pfeifentabak!«

»Unmöglich!« Kassim riss ihm die Ledermappe aus den Fingern und schaute sie sich nochmals genau an. Dann schob er sie entschlossen und ohne ein weiteres Wort zu verlieren zurück unter sein Hemd. Er bereute es, sie hervorgeholt zu haben. Abdelkader lächelte ihn nachdenklich an. »Ich glaube, du nimmst das alles viel zu ernst, junger Mann.«

»Siehst du sie grasen?« Der Kamelführer wies mit dem Arm auf einen Punkt in der Steppe, welche sie seit zwei Tagen durchquerten. Kassim erkannte sie nun auch. In einiger Entfernung bewegte sie sich langsam über die niedrigen Hügel, wie der Schatten einer Wolke – eine Gazellenherde.

»Jedes Mal, wenn wir ihnen begegnen – und das ist auf unserer Strecke meist nur einmal –, schießen wir ein Tier und veranstalten ein Fest. Es ist ein wichtiges Ritual. Eine Art Dankesfeier. Wir danken dem Leben für seine Fülle. Sie zeigt sich selbst an einem Ort wie der Wüste, wo man sie nicht erwarten würde. Manchmal begegnet sie dir sehr überraschend. Die Wüste ist wahrlich ein großes Geheimnis!« Abdelkader senkte seinen Kopf in einer Art Verbeugung und richtete dann wieder seinen Blick auf den Hügel. »Man muss es nur sehen.«

Kassim kniff die Augen zusammen, um die Umrisse der einzelnen Gazellen besser zu erkennen.

»Warte hier.« Der Kameltreiber drehte sein Dromedar und ritt zum Karawanenführer an die Spitze des Trosses, von wo aus er allen ein Zeichen gab, anzuhalten. Als er wieder zu Kassim kam, rief er: »Reite mir nach«, und ritt in Richtung der Gazellen. Behutsam näherten sie sich der Herde.

Um weiter unbemerkt zu bleiben, stiegen sie schließlich von ihren Reittieren und schlichen sich zu Fuß an. Abdelkader zog sein Gewehr von der Schulter und nahm die Tiere ins Visier. Nach kurzer Zeit hatte das Wild die Jäger gewittert und stob über das gelbe Steppengras davon. Abdelkader schoss in die fliehende Schar und eine Gazelle fiel.

Die Männer waren ausgelassener Stimmung und hoben inmitten des Lagerplatzes eine Grube aus, die sie mit glühend heißen Steinen aus dem Feuer füllten. Dann legten sie das frische Fleisch nebst Wurzeln und Kräutern hinein und bedeckten die Senke wieder mit Erde.

»Es dauert mehrere Stunden, bis das Fleisch gar ist«, sagte Abdelkader zu Kassim. »Hier werden wir zwei Tage bleiben. Genügend Zeit, die Gegend zu erkunden.«

Sie gingen an den anderen vorbei, die dabei waren, die Zelte aufzubauen und alles für das Fest vorzubereiten und wanderten weiter, bis sie außerhalb des Lagers zu einer breiten, steinigen Erhebung kamen. Auf der einen Seite war der Anstieg flach, sodass man bis zum höchsten Punkt ohne große Anstrengung aufsteigen konnte. Der Kameltreiber ging voran, über den Buckel des Hügels bis an den steil abfallenden Rand auf der anderen Seite. Dort setzte er sich auf die Erde. Von hier oben hatten sie eine gute Sicht auf ihren Lagerplatz und weit hinaus ins Land. Kassim ließ sich neben ihm nieder.

»Schau«, sagte Abdelkader und schwieg.

Kassim sah, wie das feurige Abendrot langsam mit der ockerfarbenen Erde verschmolz. Der Kameltreiber holte eine Pfeife aus der Hosentasche, stopfte sie mit Tabak und lehnte sich auf seinen rechten Arm. Schweigend saßen sie nebeneinander und beobachteten das Farbenspiel des Himmels.

Der Tag war noch nicht vorbei, aber Kassim fand, es war der rechte Moment. Er zog sein Holzstöckchen hervor, griff nach seinem Messer und schnitt eine weitere Kerbe hinein. Abdelkader schaute ihm zu und nahm einen Zug aus seiner Pfeife.

»Was tust du da?«, fragte er und beendete damit die andächtige Stille.

»Ich zähle die Tage.«

»Wozu?«

»Damit ich weiß, wann ich wieder zu Hause sein werde. Vierzig Kerben werden es dann sein. Ich denke, wir müssten sehr bald das Fünfbrunnenkreuz erreichen, zwölf Tage sind wir schon unterwegs.« Er zeigte ihm die Markierungen.

»Ja, da hast du recht, es ist nicht mehr weit.« Er blies einen Schwall Rauch in die Abendluft. »Aber wie kommst du darauf, dass du den ganzen Weg nach Meside und wieder zurück in nur vierzig Tagen schaffen könntest? Um dein Ziel zu erreichen, brauchst du ab dem Fünfbrunnenkreuz weitere zwei Wochen. Das ergibt allein für den Hinweg nach Meside fast einen Monat.«

Kassim schaute ihn mit großen Augen an. »Ist das wirklich wahr?«

»So wahr ich Abdelkader heiße«, erwiderte dieser und paffte in aller Ruhe weiter. Kassim war wie vor den Kopf gestoßen. Wie war es möglich, dass sein Großvater ihm erneut eine falsche Auskunft gegeben hatte?

»Vierzig Tage«, unterbrach Abdelkader seine Gedanken. »Die können sehr kurz oder sehr lang sein.«

Kassim musste an Zia denken, die ihm das Gleiche gesagt hatte.

»Ich habe einmal von einem Mann in Indien gehört, der beschlossen hatte, so lange unter einem Baum sitzen zu bleiben, bis sich ihm die Wahrheit des Lebens offenbaren würde«, fuhr der Kameltreiber fort.

»Und? Hat sie sich ihm gezeigt?«, wollte Kassim wissen. Seine entfachte Neugierde vertrieb den Gedanken an den Irrtum seines Großvaters.

»Selbst als der Wind und der Regen über ihn hereinbrachen und der Durst und der Hunger nach ihm riefen, verharrte er unter dem Baum. Und er blieb auch dann noch, als seine tiefsten Wünsche ihn lockten und schwere Albträume ihn heimsuchten. Er saß da, ohne die Hand nach etwas auszustrecken, das ihn von seiner Einsamkeit und seinen Qualen erlösen konnte. Nach vierzig Tagen, so sagt man, ist er ein heiliger Mann geworden.« Ehrfurcht lag in seiner Stimme.

Kassim betrachtete ihn und dachte: *Auch wenn er das Gegenteil behauptet und über diejenigen lacht, die zu Gott beten, insgeheim glaubt auch er an etwas Größeres, an eine besondere Kraft. Er tut es nur auf seine Weise.*

»Die Weite der Wüste kann man leicht unterschätzen. Man kann in ihr leicht verloren gehen, das ist wohl wahr, und manch einen Menschen hat sie schon das Leben gekostet. Aber dennoch. Schau, wie atemberaubend sie ist. Alles Lebendige wird in ihrer Gegenwart still.« Abdelkaders Arm zeigte in die Ferne und Kassim sah, was er meinte. Er spürte, wie sehr der Kameltreiber die Wüste lieben musste.

»Ähnlich ist es mit dem Meer, das ebenso erhaben ist« fuhr Abdelkader fort.

»Kennst du es gut, das Meer?«

»Nein, nicht gut. Ich bin noch nie mit einem Schiff gefahren, falls du das meinst. Ich kenne das Meer nur vom Ufer aus, von den Häfen in Ramar und Zah. Das ist beeindruckend genug. Und ich kenne die Ozeane natürlich aus den Erzählungen der Seeleute in den Tavernen.« Er lächelte. »Ich würde dir alles zeigen, wenn du mit uns nach Westen reist. Wer weiß … vielleicht nachdem du deinen Auftrag erfüllt hast. Du weißt ja jetzt, auf welcher Route du uns findest.«

Er zog an seiner Pfeife und reichte sie Kassim, der nicht wusste, was er entgegnen sollte. Eine unbekannte Leichtigkeit und Freude durchströmte ihn. Obwohl er auf einem einsamen Hügel inmitten der Wüste saß, kam es ihm vor, als würde ihm in diesem Augenblick die ganze Welt offen stehen und ihre Schätze vor seinen Füßen liegen. Dabei war es völlig unerheblich, ob er jemals die Einladung annehmen würde oder nicht. Allein schon, dass irgendwo da draußen die Möglichkeit bestand, mit einem Freund das Meer zu sehen, schien ihm verheißungsvoll genug. Ein solches Leben hatte er sich immer gewünscht. Vielleicht war es ja dieser zauberhafte blaurote Abendhimmel, der Wünsche erfüllen konnte. Dann setzte er die Pfeife an den Mund und nahm einen langen Zug, wie er es bei seinem Großvater gesehen hatte, und musste fürchterlich husten. Abdelkader lachte laut und als Kassim wieder Luft bekam, musste auch er lachen.

Dann bat er den Kameltreiber, noch etwas vom wilden Ozean zu erzählen. Dieser beschrieb ihm in allen Farben die Küstenlandschaft von Ramar. Er erzählte von den gefährlichen Klippen, der tosenden Brandung und der unendlichen blauen Weite, die sich hinter dem Horizont befand. Es dauerte eine ganze Weile, bis der Strom aus Erzählungen und Abdelkaders eigenen

Erlebnissen langsam abebbte. Dann klopfte er Kassim auf die Schulter und sagte: »Wenn du mehr wissen willst, musst du es dir wohl selbst ansehen. Los mein Freund, lass uns gehen. Die anderen warten sicher schon auf uns.«

Das Fest war nicht nur kulinarisch ein echtes Vergnügen. Kassim hatte viel mit den anderen Arbeitern gelacht und konnte weiteren fantastischen Geschichten lauschen. Das machte ihn so glücklich, dass der nächste Tag wie im Flug verging. Als sie ihr Lager aufgeschlagen hatten machte er sich wie gewohnt auf, um nach Tebl zu sehen.

»Ich werde die Tage weiterhin zählen, auch wenn meine Reise länger dauern sollte als geplant. Vielleicht ist die zweite Karawane schneller, als Abdelkader annimmt«, flüsterte Kassim in Tebls Ohr. Er gab ihr die getrockneten Apfelschnitze, die ihm der Koch zugesteckt hatte. Immer wieder schenkte der Mann ihm Obst oder kleine Süßigkeiten, die er dann der Eselstute brachte. Er verabschiedete sich von ihr und ging zurück zum Lager.

Als er sich dem Zelt näherte, das er sich mit dem Kameltreiber und drei weiteren Arbeitern teilte, hörte er, wie sich im Inneren zwei Männer unterhielten. Er hielt inne. An den Stimmen erkannte er Abdelkader und Simone, der für die Maultiere zuständig war. Der Mann war in Kadut aufgewachsen und sprach den gleichen Dialekt wie Kassim.

»Wo genau hast du es gefunden?«, hörte er Abdelkader fragen.

»Bei meinen Tieren. Vor etwa zehn Tagen. Kurz nachdem wir am Rastplatz angekommen waren«, antwortete Simone.

Kassim war unschlüssig, ob er sich bemerkbar machen oder fortschleichen sollte, also blieb er einfach stehen. Dann vernahm er, wie der Kameltreiber Simone verärgert anfuhr:

»Wieso hast du niemandem gesagt, dass du dieses Säckchen gefunden hast? Hast du dir denn nicht gedacht, dass es jemand verloren haben könnte?«

»Bitte sei nachsichtig!«, sagte Simone mit belegter Stimme. »Natürlich kam mir das auch in den Sinn. Zuerst wusste ich nicht, was es war, denn es lag kaum sichtbar unter einer dünnen Schicht Sand begraben. Deshalb dachte ich, dass ein Reisender, der vor uns dort gewesen war, den Beutel verloren haben musste.«

Für eine Weile sprach keiner der beiden ein Wort. Dann fuhr Simone leise fort: »Seit Wochen bete ich zu Gott, er möge mir und meiner Familie helfen. Meine kleine Tochter ist krank, aber wir haben nicht die Mittel, um den Arzt und die teure Medizin zu bezahlen. Und dann fand ich das Geld und mein erster Gedanke war, Gott hat mich erhört! Es tut mir leid, ich wusste nicht, dass der Besitzer ein Mann aus unserer Karawane ist.«

»Das Geld gehört dem Jungen. Gib es mir!«, befahl der Kameltreiber harsch.

Als Kassim sah, dass jemand versuchte, den stoffverhangenen Eingang zu öffnen, sprang er zur Seite und versteckte sich hinter einem anderen Zelt. Er beobachtete, wie Abdelkader das Zelt verließ und in gereiztem Tonfall zu Simone sagte: »Was habt ihr nur alle immer mit eurem Gott?« Er schnaubte, schüttelte den Kopf und ging zu einem der Lagerfeuer.

Kassim wartete noch einen Augenblick, dann schlich er zurück zu Tebl. Hier konnte er ungestört nachdenken, da sich mittlerweile alle um die Feuer versammelt hatten und Tee tranken. Vor allem Simone wollte er nicht gleich begegnen. Die Geschichte wühlte ihn auf. Aber es ging nicht lange, da kam Abdelkader, der ihn vom Platz aus erspäht haben musste, mit energischen Schritten auf ihn zu.

»Da bist du ja«, sagte er. »Hier ist dein Geld. Einer der Männer hat es gefunden. Simone war es, falls du es genau wissen willst. Er hat es behalten, weil er nicht wusste, wem es gehört, und keiner danach gefragt hat.« Mit verärgerter Miene händigte er dem Jungen das volle Säckchen aus. Es war offensichtlich, dass er auf sich selbst wütend war. Schließlich hatte er felsenfest behauptet, die Arbeiter der Karawane hätten mit dem Geld nichts zu tun gehabt.

»Danke«, sagte Kassim leise. »Ich werde Simone aufsuchen.« Er hatte vor, mit dem Mann zu reden, und ließ Abdelkader in seiner unheilvollen Stimmung bei den Mulis stehen.

Kassim fand ihn an einem der vier Wasserlöcher, die diese Gegend zu einem wichtigen Rastplatz machten. Nur sehr langsam quoll das tief liegende Grundwasser aus der trockenen Erde und bildete je nach Jahreszeit mehr oder weniger volle Pfützen. Die Karawane hatte Glück, alle Senken waren bei ihrer Ankunft reichlich gefüllt. Simone saß reglos da und starrte gedankenverloren auf die spiegelglatte Wasseroberfläche. Obwohl Kassim ihn beim Näherkommen mit seinem Namen ansprach, rührte er sich nicht. Erst als der Junge sich niederkniete und ihn von hinten an der Schulter berührte, schien er wie aus einem tiefen Traum zu erwachen. Er erhob sich ungelenk.

»Ach, du bist es«, sagte er nur und war wieder still.

»Abdelkader hat mir gesagt, dass du mein Geld gefunden hast. Ich bin dir sehr dankbar«, sagte Kassim und hielt ihm einen gefalteten Bund Geldscheine hin. »Ich bin dir einen Finderlohn schuldig.« Es war die Hälfte von dem, was im Säckchen war, und es war ein ansehnlicher Betrag, denn sein Großvater hatte ihn gut ausgestattet, das war ihm mittlerweile bewusst geworden.

»Ich muss dir etwas gestehen …«, sagte Simone. »Mir steht kein Finderlohn zu, denn ich habe nicht nach dem Besitzer gesucht. Ich wollte ihn auch nicht finden, ich war nicht wirklich aufrichtig. Wenn Abdelkader nicht gewesen wäre …«.

Kassim unterbrach ihn: »Ich habe gehört, wie ihr euch unterhalten habt. Glaub mir, ich wollte euch nicht belauschen, aber es ging alles so schnell. Simone, ich verstehe sehr gut, dass du das Geld behalten wolltest. Weißt du, ich habe eine Freundin, sie heißt Zia, und sie ist wie meine kleine Schwester. Ich bin sehr froh darüber, dass es ihr gut geht. Das Gleiche wünsche ich deiner Tochter auch. Hoffentlich wird sie bald wieder gesund!«

Der Mann schaute auf die Geldscheine, die der Junge fest in seine Hand drückte, und sagte: »Ich danke dir von ganzem Herzen. Gott segne dich!«

Zusammen gingen sie zurück zu den Feuerstellen, wo die Männer auf die Ausgabe des Abendessens warteten.

Als Kassim seine Unterkunft betrat, lag Abdelkader im Halbdunkel auf seinem Schlaflager. Das war ungewöhnlich, denn es war die Zeit, in der er sonst bei seinen Leuten stand und scherzend mit ihnen debattierte. Als er den Jungen erblickte, stützte er seinen Kopf auf den Arm, als hätte er mit seinem Kommen gerechnet.

»Und? Hast du mit Simone gesprochen?«, fragte er.

»Das habe ich. Und ich habe ihm einen Finderlohn gegeben.«

»Du hast was? Ihm einen Finderlohn gegeben?«

Kassim nickte.

»Das hat er nicht verdient. Ich muss mich bei dir entschuldigen, ich habe dir damals nicht geholfen. Eigentlich ist Simone ein ehrlicher Mann ...« Abdelkader hielt inne, verschränkte seine Arme hinter dem Kopf und starrte auf das Stoffdach.

»Wir haben uns beide geirrt«, sagte Kassim und hockte sich auf seine Matte.

»Hm«, grummelte Abdelkader missgestimmt.

Während sie in der dämmrigen Stille dasaßen, fragte sich Kassim, ob Gebete tatsächlich nur in eine Richtung wirkten. Vielleicht konnte nicht nur Gott den Menschen hören, sondern der Mensch auch Gott. Er hatte Gottes Stimme zwar nicht unmittelbar vernommen, aber als er gehört hatte, was Simone Abdelkader anvertraut hatte, spürte er einen heftigen Stich in seiner Brust. Das Gefühl schien sich in seinem ganzen Körper auszubreiten. So etwas Ungewöhnliches hatte er noch nicht erlebt. Er schaute auf seine braun gebrannten Hände, die durch die Arbeit kräftiger geworden waren.

Unvermittelt fragte er Abdelkader: »Hast du jemals dein Herz gesehen?«

»Wie meinst du das?«

Kassim nahm im schummrigen Licht wahr, wie er ihm den Kopf zuwandte.

»Ich meine nicht irgendein Herz, sondern dein eigenes.«

»Keiner hat je sein eigenes Herz gesehen, falls du das meinst.«

»Woher weißt du dann, ob du eines hast?«

»Weil ich sonst kaum am Leben wäre, oder? Ich kann es zwar nicht sehen, aber ich kann spüren, wie es schlägt.«

»Du hast dein eigenes Herz also nie gesehen, weißt aber, dass es da ist, weil du es fühlen kannst«, fasste Kassim zusammen.

»Junge, worauf willst du hinaus?«

Kassim konnte nicht sagen, ob Abdelkader genervt oder neugierig war, aber er richtete sich auf und starrte den Jungen im Dämmerlicht des Zeltes an.

»Halte mich für verrückt, aber ich glaube, genauso ist es auch mit Gott. Man kann ihn vielleicht nicht sehen, aber wenn man aufmerksam ist, fühlt man ihn. Er teilt sich uns mit.«

Für eine Weile war es still. Im Dunkeln hörte man plötzlich den Kameltreiber seufzen und sich auf seinem Lager ausstrekken. »Wie jung du doch bist, mein Freund. In deiner ganzen Unschuld und Gottesgläubigkeit rührst du mich, das kann ich dir sagen!«

Kassim war sich nicht sicher, ob Abdelkaders Worte höhnisch oder ernst gemeint waren, aber dieses Mal war es ihm nicht wichtig, was ein anderer dachte. Das, was sich in seinem Inneren geregt hatte, konnte er nicht mehr vergessen.

Die Stelle, an der sie rasten wollten, lag in einer steinigen Ebene. Weit und breit war nichts zu finden, was Schatten spenden konnte. Kein Baum, kein Strauch, nicht einmal Grashalme wuchsen dort und auch sonst schien es ein lebensfeindlicher Ort zu sein. Wie der Name verriet, gab es hier im Abstand von je zwei Kilometern fünf Brunnen. Von oben betrachtet bildeten sie ein Kreuz ähnlich dem auf einem Kompass. Das hatte man Kassim erklärt. Fünf Brunnen – für jede Himmelsrichtung einen und ein weiterer im Zentrum.

Für alle Karawanen, die am Fünfbrunnenkreuz vorbeizogen, gab es eine Regel: Wer einen Schaden an einem der Wasserschächte entdeckte, war verpflichtet, ihn zu reparieren. War der Brunnen, an dem man angekommen war, in gutem Zustand, musste man hingegen, die anderen vier überprüfen, bis man einen gefunden hatte, der einer Reparatur bedurfte. Damit wurde sichergestellt, dass die Anlagen regelmäßig gewartet wurden.

Die Karawane traf am Nordbrunnen ein. Sie war die einzige, die dort rastete. Die Brunnenbefestigung war mit einer dicken Schicht aus Sand bedeckt, so dass man nur noch den Holzrahmen und die Winde sehen konnte. »Ein Sandsturm«, stellte Abdelkader fest und wies zwei seiner Männer und Kassim an, die Anlage freizulegen. Außerdem sollten sie prüfen, ob die Holzbohlen noch stabil waren.

Als sie die Anlage von den Sandverwehungen befreit und den Deckel geöffnet hatten, ließ Abdelkader langsam ein Seil in die Tiefe, an dessen Ende ein Stein gebunden war. Nach einer Weile zog er den Strick wieder nach oben und maß mit seinem Arm, wie weit der Stein ins Wasser gesunken war, bis er den Grund des Brunnens erreicht hatte. »Der Wasserstand ist unverändert hoch«, stellte er fest. »Wir haben unser Lager!« Dann wandte er sich an Kassim: »Morgen werde ich mit dir erkunden, ob es an einem der anderen Brunnen eine Karawane gibt, die nach Osten weiterzieht.«

Kassim hatte sich das Fünfbrunnenkreuz ganz anders vorgestellt. Er hatte gedacht, es wäre ein beliebter Treffpunkt und ähnlich wie in einem Gasthaus würde ein reges Treiben von Reisenden herrschen. Unter den vielen Karawanen hätte er sich dann eine ausgesucht, die ihn nach Meside brachte. Aber dieser Ort war alles andere als belebt. Er war eine einsame Ödnis.

Zur Mittagsstunde des nächsten Tages packte Abdelkader eines der Maultiere und Kassim richtete Tebl. Sie hofften, bei einem der anderen Brunnen eine Karawane zu finden, die Kassim mitnahm. Kassim verabschiedete sich von Simone, dem Koch, den anderen Männern und dem Karawanenführer.

»Wenn ihr niemanden antrefft, der nach Meside reist, musst du zurückkommen und uns nach Ramar begleiten,« sagte der Karawanenführer bestimmt. »Wir werden dich nicht alleine hierlassen. Es kann manchmal sehr lange dauern, bis sich die nächste Gelegenheit zur Weiterreise bietet.«

Bei diesen Worten wurde es Kassim mulmig und als er mit Abdelkader den Brunnen im Zentrum des Kreuzes ansteuerte, hoffte er sehnlichst, dass sie dort Menschen antreffen würden. Die Anlage war zwar intakt, aber verwaist. Die Sandverwehungen waren offenbar erst kürzlich beseitigt worden.

»Meside liegt südöstlich. Lass uns zum Ostbrunnen gehen und dort nachsehen«, beschloss Abdelkader, und sie setzten ihren Weg fort. Sie ritten nicht lange, bis Kassim aufgeregt rief: »Schau, ich glaube dort stehen Tiere und es gibt auch ein Zelt!«

»Hoffen wir, dass es Durchreisende sind, die nach Meside wollen.«

»Glaubst du das denn nicht?«

»Nicht unbedingt.« Er runzelte die Stirn. »Die Gesellschaft könnte auch in Meside aufgebrochen sein und von hier aus weiter durch das Land ziehen. Ich sehe, du machst dir Sorgen. Warte damit, bis wir mit den Leuten dort geredet haben.«

Sie näherten sich der Reisegruppe und konnten ein Dutzend Maultiere und Pferde zählen. Ein Mann in einem langen, schwarzblauen Gewand stand vor einem Zelt aus derbem, braunen Stoff und war dabei, ein Gerät auf ein metallenes Dreibein zu stecken. Es war ein Fernrohr.

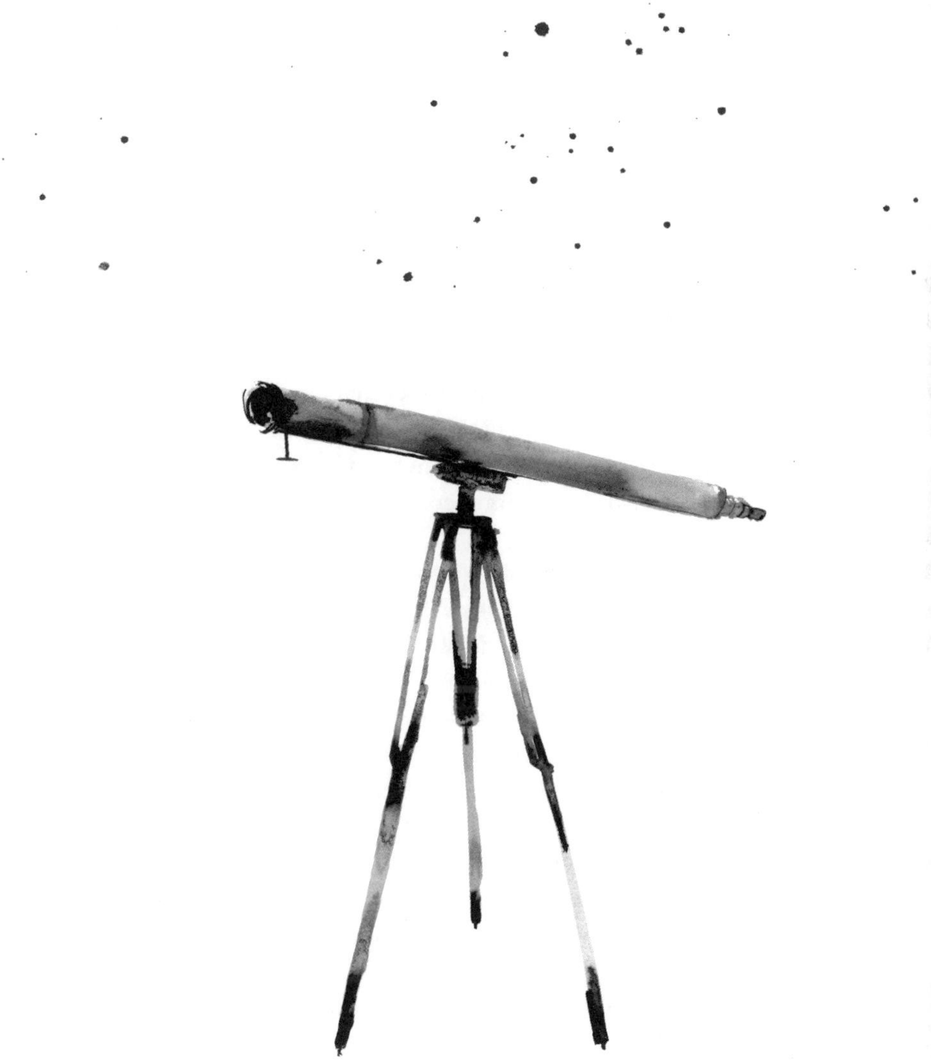

Die zweite Karawane

»Seid gegrüßt«, sprach Abdelkader, als sie ein paar Meter vor dem dunkel gekleideten Mann haltmachten. Der Fremde hatte sie nicht kommen sehen. Vornübergebeugt schraubte er an dem Gestell seines Teleskops, doch jetzt richtete er sich auf und blickte in die Gesichter der Ankömmlinge. »Auch ich grüße Euch«, entgegnete er und wischte sich die Hände an einem Tuch ab.

Wie gut, er spricht immerhin die gleiche Sprache wie wir, dachte Kassim.

Der Fremde war mittleren Alters, groß gewachsen und trug einen Bart, der an manchen Stellen leicht ergraut war.

»Mein Name ist Abdelkader«, fuhr der Kameltreiber fort und legte die rechte Hand auf seine Brust. Dann wies er neben sich. »Und das ist Kassim. Wir sind mit einer Karawane aus Kadut angereist und rasten am Nordbrunnen. Übermorgen werden wir Richtung Ramar aufbrechen. Allerdings muss mein Gefährte hier nach Meside. Dürfen wir fragen, wohin Euer Weg führt? Und falls Ihr nach Osten weiterzieht, könnte sich mein Freund Euch anschließen?«

Hinter den Tieren tauchte plötzlich ein zweiter Mann auf. Er war mittelgroß, graubärtig und hatte einen kahl geschorenen Kopf. Begleitet wurde er von einem Jungen mit schmalem Körperbau, der nicht älter als Kassim zu sein schien. Der Herr, den Abdelkader angesprochen hatte, erwiderte: »Ich bin Il Ibn Omar. Das hier ist mein Gefährte Frère«, er zeigte auf den anderen, der nun zu ihnen getreten war. »Und das hier ist mein Neffe Raschid. Ihr habt Glück! Wir sind tatsächlich unterwegs in Richtung Meside, genauer genommen nach Jesole, einer kleinen Oasenstadt nicht weit davon entfernt. Selbstverständlich kann sich der junge Mann uns anschließen, wenn er möchte.« Dabei nickte er ihnen freundlich zu.

»Schau, deine Gebete wurden wohl erhört«, flüsterte Abdelkader Kassim scherzend ins Ohr und versetzte seinem Schützling mit dem Ellenbogen einen liebevollen Stoß in die Seite. Doch Kassim war so erleichtert, dass er nicht auf ihn achtete, sondern sich bei dem Herrn überschwänglich bedankte.

Il Ibn Omar, Frère und Raschid luden die Neuankömmlinge auf einen Tee ein. Das Innere des Zelts war geräumiger, als Kassim erwartet hatte. Von der Decke fiel baldachinartig ein aufwendig gemusterter Stoff, welcher der Unterkunft etwas Erhabenes verlieh. Sie setzten sich auf die bunten Sitzkissen und Abdelkader erkundigte sich höflich nach dem Preis für die Mitreise. Sie wollten kein Geld, der Junge solle ihr Gast sein, erwiderten die beiden Männer.

Il Ibn Omar berichtete, dass sie auf dem Rückweg von ihrem Besuch bei einem Berbervolk seien: »... sie leben in einem Tal westlich des Fünfbrunnenkreuzes. Einmal im Jahr unternehmen wir diese Reise, um bei ihnen junge Hengste und Teppiche zu erwerben. Bei diesen Pferden handelt es sich um eine besondere Züchtung, die man ausschließlich bei diesen Wüstenbewohnern finden kann. Sonst nirgendwo. Auch die Teppiche sind außergewöhnlich. Sie werden von den Berberfrauen aus einer Mischung aus Ziegen- und Schafswolle gewebt. Die Farben, die die Berber herstellen und ihre vielen kunstvollen Motive machen jedes Stück einmalig und kostbar ...«

Die drei Männer unterhielten sich angeregt über das Leben in der Wüste und die Kostbarkeiten, die sie bisweilen hervorbrachte. Die beiden Jungen lauschten ihren Geschichten aufmerksam.

»Seht, wie sich das Licht verändert hat«, sagte Frère auf einmal. »Wir haben die Zeit ganz und gar vergessen.«

»Ich sollte wohl besser wieder zu den Meinen zurückkehren«, meinte Abdelkader. Er stand auf und mit ihm erhoben sich auch die anderen.

»Es ist uns eine Freude, Euch kennengelernt zu haben«, sagte Frère. Kassim war dankbar, dass der Mann so freundlich zu ihnen war und dass er, jetzt, da er sich von Abdelkader verabschieden musste, nicht allein war. Sie traten vor das Zelt und er holte das Töpfchen Honig aus seiner Satteltasche hervor, das er sich aufgespart hatte, um es seinem Freund zum Abschied zu schenken. Sie schlossen sich in die Arme und drückten sich wortlos. Dann stieg Abdelkader auf sein Maultier und trabte davon. Nach einigen Metern drehte er sich nochmals um und winkte.

Werde ich ihn je wiedersehen? Kassim hatte den eigenwilligen Kameltreiber über die Zeit doch liebgewonnen. Er fragte sich, ob es irgendwann einmal weniger wehtun würde, einen lieb gewonnenen Menschen zu verlassen, oder von ihm zurückgelassen zu werden.

Frère trat neben ihn. Zusammen beobachteten sie, wie die Umrisse von Abdelkader in der Ebene immer kleiner wurden.

»Du denkst jetzt sicher, dass sich eure Wege für immer trennen«, bemerkte der Mann mit dem kahlrasierten Kopf. Mit seiner ruhigen Art war er Kassim sofort sympathisch gewesen. »Aber man ist nie ganz getrennt von den anderen.« Frère bückte sich, hob zwei Steine auf und drehte sie zwischen seinen Fingern.

»Wie meint Ihr das?«

»Alles befindet sich in dir. Die ganze Welt. Alle Menschen, die du liebst, und auch die, die du glaubst, nicht lieben zu können. Alles. Auch diese Steine hier – oder der Brunnen dort – oder der aufgehende Mond da oben.«

Kassim sah hoch. Im fahlen Blau schimmerte das durchsichtige Weiß des Mondes wie eine fedrige Wolke.

»Aber wenn das so ist. Warum habe ich das bisher nicht gemerkt?«, hakte er nach.

»Dein Geist ist der Schöpfer deiner Welt. Denken ist wie Sehen, und was du denkst, das siehst und erfährst du«, erklärte Frère mit ruhiger Stimme. Er tippte mit dem Zeigefinger auf die Brust des Jungen. »Ohne Gedanken, keine Welt. Und alle Gedanken sind in deinem Geist.«

»Ich verstehe das nicht. Hat nicht alles eine eigenständige Existenz? Schließlich hat jeder einen eigenen Körper.« Kassim griff sich an seinen Arm, um zu zeigen, dass er aus einer festen Form bestand.

Frère schmunzelte verständnisvoll. »In unserer Wahrnehmung ist alles solide und voneinander getrennt. Aber das ist nicht die Realität. Wir haben eine falsche Vorstellung von der Welt und davon, wer wir selbst sind. Alles ist Geist. Alles ist eins.«

Kassim blickte in seine Augen und sah auf ihrem Grund grüne Sterne blinken. Richtig verstehen konnte er Frère nicht, aber vielleicht war die Wahrheit, die er versuchte, ihm mitzuteilen keine, die man mit dem Verstand wirklich begreifen konnte. Dann kam ihm in den Sinn, dass er selbst erst vor Kurzem Abdelkader erzählt hatte, dass man Gott vielleicht nicht sehen, aber fühlen und deswegen an ihn glauben konnte. Sein Großvater war das beste Beispiel für diesen Glauben. Konnte man überhaupt etwas außerhalb des eigenen Selbst fühlen oder erfahren? Hatte der Mann möglicherweise recht damit, dass sich alles im Geist befand?

»Aber dann muss auch Gott in mir sein, ich meine, in meinem Geist …«, sinnierte er laut.

Frère antwortete nicht darauf, aber sein Lächeln wurde breiter.

»… Man könnte meinen, die Wahrheit zu erkennen sei schwierig, aber sie ist immer da, wir lassen uns nur von ihr ablenken. Und manche laufen sogar aus Angst vor ihr davon. In Wirklichkeit ist sie jedoch das Gütigste, das man erfahren kann.«

»Vielleicht. Aber das zu begreifen ist schwer.« Frère klopfte Kassim auf die Schulter.

»Ja, so scheint es. Das wirklich Schwierige mit der Wahrheit ist jedoch, sie ganz und gar zu wollen. Und nichts anderes als das. Es hängt von deiner eigenen Bereitwilligkeit ab, sie zu suchen.«

Kassim fiel der heilige Mann in Indien ein, von dem Abdelkader gesprochen hatte, der unbeirrbar unter dem Baum gesessen hatte. Das war es also. Er hatte sich nicht beirren lassen und wollte nichts als die Wahrheit. Diese Unterhaltung erinnerte ihn an die Gespräche mit seinem Großvater. Obwohl er ihm stets aufmerksam zugehört hatte, hatte er dessen weise Worte häufig nicht verstanden und leider auch immer wieder vergessen, das musste er zugeben. Konnte es daran liegen, dass er noch so jung und unerfahren war, fragte er sich. Musste man vielleicht die Hinweise auf die Wahrheit immer wieder hören, bis man irgendwann zu verstehen begann? Er schaute in Richtung Norden und hörte in der Ferne die Hunde der Karawane bellen. Abdelkader musste eingetroffen sein. Frère drückte Kassim die zwei Steine fest in die Hand, lächelte ihn an und ging zum Brunnen.

Il Ibn Omar kam den beiden entgegen, um ihnen mitzuteilen, dass sie schon am nächsten Tag aufbrechen würden. Dann führte er Kassim stolz zu den Rössern, die sie bei den Berbern erstanden hatten. Es waren sechs einjährige Hengste, deren Fell wie schwarze Seide glänzte. Kassim war sich sicher, noch nie so edle Tiere gesehen zu haben. Sie seien voller Temperament und Lebenskraft, meinte Il Ibn Omar, und falls er es wolle, würde er ihn in den nächsten Tagen mit den wundervollen Geschöpfen vertraut machen. Kassim erwähnte nicht ohne Stolz, dass er bei der Karawane den Umgang mit Kamelen erlernt hatte. Er würde sich gerne auch Wissen über Pferde aneignen – insbesondere über diese seltene Züchtung.

Als das Abendfeuer brannte und alle gegessen hatten, holte Frère eine Gitarre aus dem Zelt und begann zu spielen. Zuerst nur ein paar einzelne Klänge. Kassim lauschte und beobachtete, wie er mit seinen Fingern die Saiten drückte und zupfte. Nach einer Weile wurden aus den einzelnen Tönen Akkorde und aus den Akkorden Melodien. Mit der Musik sponn Frère ein mystisches Netz aus Melancholie zwischen allen, die sie hörten. Die Klänge breiteten sich über die dunkle Ebene bis weit hinter den Horizont aus und schienen alles mit allem zu verbinden. Kassim zog das Hölzchen aus der Hosentasche und schnitzte mit seinem Messer eine weitere Kerbe hinein.

Sie waren nun schon zwei Tage unterwegs. Die Mulis, die mit den Teppichen beladen wurden, standen unter Frères Obhut. Il Ibn Omar kümmerte sich um die Hengste und seine wissenschaftlichen Messgeräte, die er mit sich führte. Er ritt als Einziger ein Pferd, welches ebenfalls aus der Zuchtlinie der Berberrösser stammte. Frère und Raschid nahmen mit Maultieren vorlieb.

Kassim packte mit an, wo er gebraucht wurde. Zusammen bauten sie das Zelt auf und ab und beluden die Tiere. Raschid sorgte für das tägliche Lagerfeuer, während Kassim einmal Frère zur Hand ging und ein anderes Mal Il Ibn Omar. Er spürte Raschids Dankbarkeit, den er mit seiner Mitarbeit entlastete, indem er ihm die Aufgaben abnahm, die ihm körperlich Mühe bereiteten.

Il Ibn Omar brachte dem Mitreisenden in kürzester Zeit das Wesentliche über Pferde bei und ließ ihn, wann immer es möglich war, auf seinem Hengst reiten. Kassim war stolz darauf, dass man ihm den Umgang mit den wertvollen Tieren zutraute.

Im Morgengrauen und am Ende eines jeden Tages entzündete Frère in einem kleinen Tongefäß feinen Weihrauch. Der Duftschleier legte sich dann feierlich über jeden Ort, an dem sie haltmachten.

Wenn es dunkel war und die Jungen sich zum Schlafen hingelegt hatten, studierte Il Ibn Omar mit seinem Fernrohr den nächtlichen Himmel und fertigte Skizzen der Mond- und Sternenbewegungen an, während sein Gefährte ihm Gesellschaft leistete. Begleitet von ein paar einzelnen Klängen der Gitarre hörte Kassim, wie sie sich manchmal bis tief in die Nacht unterhielten. Es kam allerdings auch vor, dass sie einfach nur schwiegen. Meist legten sich die beiden Männer erst spät hin und anders als es bei der Karawane üblich war, brachen sie auf, wenn die Sonne schon zwei Hand breit über dem Horizont stand. Kassim bemerkte, dass sie langsamer vorwärtskamen, als Abdelkaders Karawane. Er hatte den Eindruck, seine neuen Reisegefährten hatten es nicht eilig, in Jesole anzukommen.

Nach einigen Tagen erreichten sie eine Landschaft aus zerklüftetem, roten Felsgestein. Zuerst ragten nur einzelne schroffe Zacken aus der Erde. Je weiter sie jedoch ostwärts gingen, desto dichter standen die roten Steine und formten bald ein hohes Massiv. Ihre Route führte sie durch eine tiefe Schlucht, die sich durch das immer höher werdende Gestein bahnte. Il Ibn Omar lotste sie vorbei an weiteren Spalten und kleineren Schluchten, die links und rechts von ihrem Weg abzweigten.

»Das Rot des Sandsteins kommt von seinem hohen Eisengehalt«, ließ Il Ibn Omar Kassim wissen. Dieser war ergriffen von dem Berg und davon, dass er ihnen in all seiner übermenschlichen Macht den Durchgang auf die andere Seite erlaubte. Aber nicht nur er schien die Kraft des Steins wahrzunehmen, auch die anderen schienen beeindruckt und keiner traute sich bei diesem Anblick zu sprechen. So legten sie die ganze Passage schweigsam zurück. Am Ende des Berges weitete sich die Schlucht zu einem Tal. Vor ihnen erstreckte sich eine ockerfarbene Ebene. Am Fuße der Felswand, die im Abendlicht wie eine Feuerglut leuchtete, schlugen sie ihr Lager auf.

Nachdem sie alle Vorbereitungen für die Nacht getroffen hatten und beisammensaßen, beschloss Kassim, Zephiros Tasche hervorzuholen und den anderen zu zeigen. Er trug sie noch immer unter dem Hemd. Nicht, weil er Angst hatte, sie würde gestohlen werden – von dieser Befürchtung fühlte er sich auf unerklärliche Weise befreit – sondern weil er sie nicht aus eigener Unachtsamkeit verlieren wollte. Außerdem glaubte er, sie würde ihm Kraft verleihen. Er reichte sie den anderen und erzählte vom Freund seines Großvaters. Raschid fand den Auftrag, die Tasche nach Meside zu bringen, aufregend. Il Ibn Omar stellte fest, dass das Leder auf ungewöhnliche Weise verarbeitet worden war. Auch die kunstvolle Stickerei sei Zeugnis dafür, dass sie für etwas Bestimmtes, wohl etwas sehr Wertvolles gedacht sei. Das erfüllte Kassim mit Selbstbewusstsein und Stolz. Frère bemerkte, die Tasche sei äußerst leicht, und er beglückwünschte den Jungen dazu, nicht etwas Schweres oder Großes nach Meside bringen zu müssen. Während er das sagte, lachte er auf seine tiefgründige Art, nahm seine Gitarre und stimmte ein Lied an. Seine Worte verwirrten Kassim und er fragte sich, was Frère damit gemeint haben könnte.

Die melodische und von Sehnsucht durchdrungene Stimme, vertrieb jedoch schnell seine Gedanken. Es kam ihm vor, als ob die Worte des Mannes aus seinem eigenen dunklen Innern aufstiegen und langsam wieder dorthin entschwanden. In diesem Augenblick wünschte er sich, dass auch er einen solchen Zauber hervorrufen könnte wie Frère auf seinem Saiteninstrument. Er dachte daran, was dieser ihm gesagt hatte. Alles komme aus dem Geist. Plötzlich hörte die Musik auf zu spielen.

»Möchtest du es lernen?«, fragte Frère, als hätte er dem Jungen angesehen, was in ihm vorging.

»Würdest du es mir beibringen?«

»Mit Vergnügen. Es wird dir helfen«, entgegnete Frère und reichte ihm das Instrument.

»Wobei?«

Kassim nahm die Gitarre auf seinen Schoß und strich behutsam über die Saiten, ohne jedoch einen Ton zu erzeugen.

»Alles braucht Vorbereitung.«

Kassim verstand nicht, was er damit meinte, aber er hakte nicht nach. Zu groß war die Freude darüber, dass ein anderer gespürt hatte, was sein unausgesprochener Wunsch war.

Zwei Tage später schlugen sie an einer Wasserstelle, wo eine Gruppe mächtiger Bäume mit breiten, grauen Stämmen wuchs, ihr Lager auf. Das ausladende Blätterdach spendete großzügig

Schatten. Kassim hatte diese Art Bäume noch nie gesehen, es kam ihm vor, als hätten sie seit der Durchquerung des roten Felsenlabyrinths die Grenze zu einem anderen Land überschritten. Il Ibn Omar erklärte ihm, dass es sich um sehr alte Maulbeerfeigenbäume handle und sich niemand erklären könne, warum sie gerade hier, mitten in der Einöde, wuchsen – und das wohl schon seit undenkbaren Zeiten.

Il Ibn Omar wollte ein paar Tage verweilen, um an seinen Studien über die Umlaufbahnen der Planeten zu arbeiten. Nach dem Abendessen stellte er das Teleskop außerhalb des kleinen Wäldchens und mit etwas Abstand zu ihrem Lager auf. In der Ebene hatte er freie Sicht in den Himmel, ohne vom Schein ihrer Feuerstelle gestört zu werden. Es war Neumond und die Milchstraße durchzog als gut sichtbares, funkelndes Band das Firmament. Nachdem der Gelehrte und Raschid das Fernrohr eingestellt hatten, forderten sie Kassim auf, sich zu ihnen zu gesellen und einen Blick durch das Teleskop zu werfen.

Irgendwie machen Il Ibn Omar und ich das Gleiche. Wir sehen beide hoch in Himmel. Er aber erforscht ihn, während ich nichts über ihn weiss … dachte Kassim, als er durch das Rohr lugte. Die Farbenpracht des Himmels war überwältigend. Jeder Stern schien in einer anderen Farbe zu leuchten.

»Wenn man zur Ruhe kommt, dann spürt man erst, wie lebendig die Nacht ist«, sinnierte Il Ibn Omar, der dicht neben ihm stand.

Tatsächlich, dachte Kassim. *Je länger man in den Himmel schaut, desto mehr bekommt man den Eindruck, dass die Sterne sich bewegen. Sie scheinen auf ihre eigene Art zu tanzen.* Er trat vom Fernrohr zurück und lauschte.

Die Nacht in der Wüste war keineswegs eine Zeit, zu der nichts geschah. Von den Bäumen ertönte eine Art hölzernes Raspeln und Zirpen. Il Ibn Omar erklärte, dass dort eine Zikadenart lebe, die wochenlang nachts singe, um dann mit einem großen Knall zu zerspringen. Auf dem Boden huschten im Dunkeln Wüstenmäuse über Kassims Füße und von Weitem hörte er den Ruf eines Nachtvogels. Plötzlich berührte ihn ein sanfter, warmer Luftzug.

»Wie sonderbar«, sagte er. »Heute ist es gar nicht kalt.«

»Das ist der Chitar. Ein warmer Wüstenwind, der von Osten kommt«, bemerkte Il Ibn Omar. »Er weht nur nachts. Man sagt, er lässt die menschliche Seele reifen.« Mit der milden Brise meinte Kassim auch einen feinen Duft wahrzunehmen, der ihn an die Lindenblüten von zu Hause erinnerte.

Il Ibn Omar schaute ostwärts und klopfte ihm auf die Schulter. »Heute weht er ganz allein für uns. Der Chitar ist ein Geschenk, musst du wissen. Es gibt viele, die die Wüste jahrelang durchwanderten, ihn aber nie erlebten. Sie kennen ihn nur aus Erzählungen.«

Dann wandte er sich seinem Neffen zu und erklärte:

»Schau, diese Schraube hier lockert sich gerne, man muss sie immer wieder prüfen und nachziehen.« Er fuhr fort, mit ihm über die Sternenkonstellationen zu reden, und Raschid war ganz aufmerksam und stellte immer mehr Fragen.

Kassim hörte nur mit halbem Ohr zu, er dachte an Zia. »Werden wir heute auch einige Sternschnuppen sehen?«, fragte er als Raschid eine kurze Pause machte. Vor langer Zeit einmal hatten Zia und er eine Vereinbarung getroffen: Wenn einer von ihnen eine Sternschnuppe sähe, würde er sich etwas für den anderen wünschen und nicht für sich selbst.

»Leider nein. Was diesen Ort anbelangt, befinden wir uns gegenwärtig nicht in der Jahreszeit für Meteoriten«, gab Il Ibn Omar zur Antwort.

»Mach dir nichts draus«, rief Raschid lachend, der durch das Fernrohr schaute. »Wozu hast du deine Fantasie? Stell dir eine vor.« Und sein Arm sauste in weitem Bogen durch die Luft.

Kassim musste lachen: »Da hast du recht! Wenn ich etwas kann, dann ist es träumen …« Wieder fielen ihm Frères Worte ein. Wenn er sie doch nur wirklich begreifen könnte. Gab es vielleicht gar keinen so großen Unterschied zwischen seinen Tagträumen und dem, was er wirklich sah?

Der warme Chitar fuhr über sein Gesicht und durch seine struppigen Locken. Er malte sich aus, wie dort oben in der dunklen Himmelswölbung eine Sternschnuppe mit einem lang leuchtenden Schweif verglühte. Innigst wünschte er sich für Zia, sie möge sich keine Sorgen machen, wenn er nach Ablauf der vierzig Tage nicht schon wieder zurück sein würde, so wie er es ihr zugesichert hatte.

Eines Nachmittags saßen Kassim und Raschid im Zelt und stöberten in der Bücherkiste von Il Ibn Omar. Zwischen allerlei merkwürdiger Raritäten entdeckten sie einen dicken Atlas. Er war voller bunter Landkarten. Manche Karten zeigten unterschiedliche Klimazonen, andere hingegen konzentrierten sich auf Flora und Fauna der jeweiligen Gebiete und auf wieder anderen konnte man die wichtigsten Verkehrsrouten zu See und auf dem Land erkennen.

Die beiden Jungen holten den Atlas hervor und versuchten auf den Karten ihres Landes herauszufinden, wo sie sich gerade befanden. Kassim zeigte Raschid die kleinen Berge, wo er zu Hause war, und dieser zeigte ihm wiederum, wo Jesole und Meside lagen. Dann berichtete Kassim von Jago und verriet Raschid, was er Mehmet bei ihrem Abschied nicht hatte sagen können, nämlich dass er selbst gerne ein Held werden würde. Er holte sein Messer und seinen Becher hervor, um zu zeigen, wie begabt sein Freund war. Er erzählte von seinem Großvater und dessen Leben mit Gott.

»Ich kenne bisher nur einen einzigen Menschen, der nicht nur von Gott spricht, sondern auch mit ihm lebt. Und das ist Frère«, bemerkte Raschid.

Kassim nickte und sagte: »Dann kenne ich jetzt zwei. Das sind nicht viele.«

»Nein, das sind nicht viele«, murmelte Raschid nachdenklich.

»Manchmal verbringt Frère mehrere Wochen allein in der Wüste. Wir wissen nicht, wo er sich dann aufhält. Er verschwindet einfach. Er sagt, er müsse schweigen und ganz allein mit Gott sitzen. Dabei meint er genau das, was wir hier machen: zusammensitzen und nichts tun. Frag mich nicht, wie das gehen soll – also mit Gott.«

Raschid nahm die Ornamente auf Mehmets Becher genauestens unter die Lupe, während er weitersprach. »Frère nennt ihn *den Liebenden*. Er redet nicht viel darüber, aber er besingt ihn in seinen Liedern. Vielleicht hast du es schon bemerkt? Sie sind sehr rätselhaft. Oft singt er von der ewigen Liebe des Liebenden. Frère sagt, die Liebe fordert nichts und gibt alles.«

»Sagt er das wirklich?«

Raschid nickte.

Kassim schaute auf sein Messer. Konnte es sein, dass Raschid ihm bereits eine neue Antwort auf seine Frage, was es mit der Liebe auf sich habe, gegeben hatte? Bei der nächsten Gelegenheit, wenn er mit Frère allein war, würde er mit ihm darüber reden.

Keiner wusste, wie es dazu kam, am allerwenigsten Kassim selbst. Am nächsten Morgen, er sollte sich wie immer um die Reittiere kümmern, bäumte sich der schwarze Hengst plötzlich vor ihm auf. Er versuchte, das aufgescheuchte Pferd mit leicht erhobener Hand und ruhiger Stimme zu besänftigen, aber seine Anstrengungen waren vergebens. Das Tier wurde immer wilder und zog mit aller Kraft am Seil, das Kassim krampfhaft festhielt.

Plötzlich stieg der Hengst erneut und warf den Kopf so heftig nach hinten, dass Kassim mit einem Ruck zu Boden ging. Dabei wickelte sich das Seil um seine linke Hand und noch bevor er sich befreien konnte, galoppierte der Schwarze los und schleifte ihn hinter sich her. Er hörte das ungestüme Schnauben des Tie-

res und das rhythmische Schlagen der Hufe dicht an seinem Kopf. Es kam ihm vor, als würde die Erde unter ihm beben. Sand drang in seine Nase, seinen Mund und in seine Ohren. Er wurde hin und her geschleudert, bis es sich anfühlte, als wäre jeder Knochen, den er im Leib hatte, gebrochen. Er biss die Zähne zusammen und kniff die Augen zu, bis er nur noch ein grelles, flackerndes Rot sah.

In seiner wiederentdeckten Freiheit stürmte der Hengst immer weiter, als würde er keinen Ballast mit sich ziehen. Kurz bevor Kassim die Hoffnung verlor, dass diese Tortur jemals enden würde, blieb er abrupt stehen. Einen Moment später drehte jemand Kassim behutsam auf den Rücken. Er blinzelte und sah, wie sich Il Ibn Omars besorgtes Gesicht vor das gleißende Licht der Sonne schob. Kassim sah, wie sich seine Lippen bewegten, konnte aber nicht verstehen, was sein Retter sagte. Zu laut war das Dröhnen in seinem Kopf. Dann verlor er das Bewusstsein.

Als Kassim die Augen wieder öffnete, lag er im Zelt. Raschid saß still neben ihm und las in einem Buch. Kassims Arme und Beine brannten, vor allem aber schmerzte sein Kopf und die linke Hand.

»Bist du wach?«, fragte Raschid vorsichtig, als könne er ihn erschrecken. »Ich hole meinen Onkel.«

Kassim konnte nichts erwidern, seine Kehle war zu trocken, und so nickte er nur. Ungelenk hob er seinen rechten Arm und griff sich an den Kopf, wo er den Druck eines Verbands spürte. Dann schaute er auf seine linke Hand, sie war ebenfalls bandagiert. Er spürte sein Blut in ihrem Innern pochen. Il Ibn Omar betrat in Begleitung seines Neffen die Unterkunft und beugte sich über ihn.

»Trink einen Schluck.« Er reichte ihm eine Tasse mit einer warmen Flüssigkeit.

Kassim nahm den Becher dankend mit der unversehrten Hand und trank ihn gierig leer.

»Bin ich schwer verletzt?«, fragte er mit heiserer Stimme.

»Am Kopf hast du Schürfwunden, an den Beinen ebenfalls, und Prellungen. Deswegen die Schmerzen«, erläuterte Il Ibn Omar ruhig, dann nahm er die verbundene linke Hand des Jungen in die seine. »Die hier hat etwas mehr abbekommen. Hör mir jetzt gut zu.« Er machte eine kleine Pause und schaute ihn aufmerksam an. »Deine Hand war unglücklich eingeklemmt und der Zug des Seils war zu groß. Drei Finger sind gequetscht und gebrochen. Die Wunde wird wieder heilen, aber die Hand wird nie wieder so, wie sie war. Die Finger werden steif bleiben.«

Kassim starrte Il Ibn Omar und Raschid an. »Ich werde sie nicht mehr bewegen können?«, flüsterte er. Es war, als ob sein Brustkorb zerreißen würde.

»Heißt das, ich werde meine linke Hand nicht mehr benutzen können?« Er versuchte, seinen Oberkörper aufzurichten, so gut es sein Zustand zuließ. Er konnte nicht glauben, was ihm der Gelehrte soeben mitgeteilt hatte. Was war passiert? Wie war es möglich, dass seine Finger steif bleiben würde? Was hatte das alles zu bedeuten? Vor ein paar Stunden war sein Körper noch gesund und ganz gewesen, so wie er ihn kannte, und einen kurzen Augenblick später hatte sich alles verändert.

Vor Schmerz sank er wieder zurück auf sein Lager und zog seine verletzte Hand auf seine Brust. Er musste an all die täglichen Aufgaben denken, die den Einsatz beider Hände erforderten. *Ich werde nie wieder richtig mit anpacken können,* ging es ihm durch den Kopf. Er erinnerte sich an die Zeit an der Seite von Abdelkader und an die Handfertigkeiten, die er von ihm gelernt hatte, und daran, dass die Arbeit in der Karawane seine Weiterreise ermöglicht hatte. Von was nur sollte er leben, wenn er keine zwei gesunden Hände mehr hatte? Seine Augen füllten sich mit Tränen. Dann schoss ihm durch den Kopf, dass das nicht die einzigen dramatischen Folgen waren. Und flüsterte entsetzt: »Das bedeutet auch, dass ich nie Gitarre spielen werde. Und mit dem Schnitzen ist es auch vorbei. Mehmet wird mir nichts mehr beibringen können. Meine Hand ist verloren.«

»Zum Glück ist es nur die linke. Mit der anderen kannst du immer noch alles machen, was du willst. Die rechte ist deine starke Hand«, versuchte Raschid ihn zu trösten. Aber Kassim schloss seine Augen, in der Hoffnung, das Geschehene könne damit auch verschwinden. Ein Gefühl der Hoffnungslosigkeit strömte schwer wie flüssiges Blei von seiner Brust in seinen Kopf und seine Gliedmaßen. Es würgte ihn in der Kehle und er musste schluchzen. In diesem Moment war er sich sicher, dass er nie wieder aufstehen wollte.

Dann spürte er den liebevollen Griff von Il Ibn Omar auf seiner Schulter. »Du wirst lernen, deine linke Hand auf neue Weise einzusetzen«, sagte er. »Ruh dich aus. Wir werden so lange an diesem Ort bleiben, bis deine Wunden besser verheilt sind.« Dann zeigte er auf etwas, das neben dem Schlaflager lag. »Deine Ledermappe ist übrigens unversehrt. Unter deinem Kaftan war sie gut geschützt.«

Kassim drehte seinen Kopf zur Seite und blickte auf Zephiros Tasche.

»Möchtest du, dass ich dir etwas vorlese?«, unterbrach Raschid Kassims Gedanken.

Kassim nickte. Sein Freund öffnete das Buch, in dem er zuvor geblättert hatte, und begann daraus vorzulesen. Es handelte von den heimischen Zugvögeln und gefährlichen Etappen, die sie auf ihren langen Flügen zwischen den Kontinenten zurücklegen mussten. Aber Kassim hörte nicht wirklich zu. Zu groß war seine Verzweiflung. Kraftlos starrte er ins Leere.

Il Ibn Omar versorgte die Verletzungen wie ein ausgebildeter Arzt. Frère hatte dem Jungen erklärt, dass sein Freund von Kindesbeinen an alles Wissen, dessen er habhaft werden konnte, aufgesogen hatte. Damit war er nicht nur zu einem Gelehrten hinsichtlich astronomischer und mathematischer Fragen geworden, sondern auch was die Natur und den menschlichen Körper betraf.

Die nächsten Tage verbrachte Kassim im Schutz des Zeltes. Jede Bewegung bereitete ihm Schmerzen und er fühlte sich unverändert elend. Das Einzige, das er wollte, war, unter seiner Decke liegen, schlafen und vergessen. Aber jedes Mal, wenn er erwachte, waren der Verband an der Hand und seine Wunden wieder da. Dann begann er zu beten.

Nach einigen Tagen wollte er wissen, wie es sich anfühlte, mit seiner kaputten Hand zu arbeiten. Ihm war klar, dass es zu früh war, um sie auf die Probe zu stellen, dennoch nahm er sein Messer in seine Rechte und machte sich daran, ein Stück trockenes Brot zu schneiden. Immer wieder rutschte er ab. Vergeblich versuchte er, das Brot mit seiner verbundenen Hand festzuhalten. Er hatte keine Kraft und wusste nicht, wie er es genau anstellen sollte. Da half das beste Messer nichts. Wütend schleuderte er das Brot in eine Ecke des Zelts. In diesem Moment hörte er Frère draußen vor dem Zelt auf seiner Gitarre spielen. Kassim ließ das Messer los und Tränen rannen über seine Wangen. Frère begann zu singen:

Sanpepe, ein guter Mann,
erwachte eines Morgens,
voller Träume und voller Mut,
und zog aus in die Welt und kämpfte
mit seiner Wut in den Händen und seiner Gewissheit im Kopf
und der Wut und der Gewissheit der anderen.

Sanpepe, ein guter Mann,
erwachte eines Morgens
voller Müdigkeit und voller Wunden
und sah, die Welt war nicht müde geworden,
nur er war müde, so müde und wund.
Dann weinte er und er weinte lang.

Auf einmal aber wurde er still.
Sanpepe, es kann gut sein, dass du nicht weißt,

woher die Worte kommen, wenn du nach langer Zeit sagst:

»O Liebender,
an den Ufern deiner Liebe,
sitze ich und warte.
Warte in der dunklen Nacht.
Hier und jetzt tilgt sie meine Habe,
ach, sie löscht sogar mein Sein.
Wer wie ich besitzlos ist,
braucht nichts mehr, um sich zu retten.
Denn wo sollte er noch hin,
als sich im Meer der wahren Liebe
dem Schwimmen zu verweigern.

Ja, Sanpepe, und nun erwache noch einmal.

»Ein wenig guter Honig wäre jetzt hilfreich.« Il Ibn Omar hatte die Binde von der verletzten Hand des Jungen genommen und untersuchte die Wunde. Sie war geschwollen und die offenen Stellen leuchteten rot. »Guter Honig verfügt über eine große Heilkraft, wie du sicher weißt. Er reinigt die Wunden, sodass sie sich nicht entzünden«, erklärte er.

»Ich habe mein letztes Töpfchen Honig Abdelkader gegeben ...«, sagte Kassim geknickt. »Und jetzt würde ich ihn selbst benötigen.«

»Alles, was du brauchst, das kommt zu dir. Mach deine Großzügigkeit nie von dem Gedanken abhängig, dass du das, was du geben kannst, selbst einmal brauchen könntest. Glaube nicht, dass du je aus eigener Kraft lebst«, bemerkte Frère, der hinter dem knienden Il Ibn Omar stand.

Kassim erinnerte sich an Simone und das eigenartige Glücksgefühl, das ihn damals erfüllt hatte, als er dem Mann das Geld ohne jeden Gedanken an die Zukunft geschenkt hatte. Aber diese Sorglosigkeit war verflogen. »Großvater hat das auch gesagt. Alles, was ich brauche, kommt zu mir«, entgegnete er. »Aber heute weiß ich nicht mehr, was ich glauben soll.«

»Nun, diese Weisheit birgt noch einen tieferen Sinn. In dein Leben treten die Dinge, die du wirklich brauchst«, sagte Frère mit ruhiger Stimme.

Kassim schaute die beiden Männer fragend an. Er spürte das Blut in seinen verletzten Fingern pulsieren. Wollte er ihm damit sagen, dass eine versehrte Hand das war, was er benötigte? Unmöglich! Keiner konnte das je wollen und brauchen.

»Ich weiß, was dir durch den Kopf geht. Noch verstehst du es nicht«, bemerkte Frère. »Hab Vertrauen. Was auch immer für dich bestimmt ist, es wird dir auf die eine oder andere Weise Hilfe zuteil. Auch das bedeutet es, wenn gesagt wird, alles, was man braucht, wird kommen.«

Auf einmal hörten sie draußen vor dem Zelt Raschid rufen, verstanden ihn aber nicht. Dann vernahmen sie noch andere Stimmen. Frère verließ das Zelt. Il Ibn Omar wechselte erst in aller Ruhe den Verband an Kassims Hand, säuberte seine Schürfwunden an seinen Beinen und nahm ihm schließlich die Binde vom Kopf. Er gab zu verstehen, dass er mit den Heilfortschritten recht zufrieden war.

»Ich werde heute aufstehen«, sagte Kassim leise.

»Das ist eine gute Idee.« Der Gelehrte lächelte, nahm ein Tuch, das er bei sich trug, und band einen Knoten hinein. »Hier ist eine Armschlaufe. Versuche die Hand immer ruhig zu halten, bis sich die Haut an den offenen Stellen besser geschlossen hat.« Dann stand er auf und ging hinaus.

Kassim nahm die Wasserschüssel, die man ihm gebracht hatte, und fing an, sich mit der rechten Hand zu waschen. Es fiel ihm nicht leicht, er wollte immer wieder seine zweite Hand einsetzen, was nicht möglich war, weshalb er länger brauchte als sonst. Aber er spürte, wie ihn das kühle Nass erfrischte. Dann erhob er sich und schlüpfte auf unsicheren Beinen aus dem Zelt.

Ein junger, ernst wirkender Mann und eine grauhaarige, kleine Frau, standen mit vier fuchsfarbenen Pferden im Schatten der Bäume und unterhielten sich mit Frère und Il Ibn Omar. Kassim erfuhr, dass die beiden Reisenden Mutter und Sohn waren und zu ihrem Dorf unterwegs waren, das in westlicher Richtung lag. An der Wasserstelle hatten sie einen Aufenthalt von zwei Tagen eingeplant. Die Alte deutete auf seinen verletzten Arm.

»Was ist geschehen?«

»Es war ein Unfall bei der Arbeit«, antwortete Kassim.

»Leider heilt die Verletzung nur sehr langsam«, erklärte Il Ibn Omar.

»Versteht ihr etwas von Medizin?«, wollte ihr Sohn von ihm wissen.

»Nun ja, die Heilkunde ist eines meiner Interessensgebiete«

»Vielleicht haben wir etwas für euch«, sagte die Frau, wandte sich zu einem ihrer Pferde und holte aus einer Tasche eine kleine, silberne Dose. »Das hier ist nach einer alten Rezeptur. Es ist ein Fett, versetzt mit der heilenden Milch einer Kaktuswurzel, die übrigens auch hier in dieser Gegend wächst.« Sie schwang ihren Arm und deutete hinter sich in die flimmernde Ebene. »Tragt die Salbe auf die Wunde auf. Es würde mich wundern, sollte sie nicht ihre Wirkung entfalten.« Sie lachte. »Nicht besonders bescheiden, ich weiß. Aber ich würde sogar behaupten, dass das Mittelchen schon so manches Wunder vollbracht hat.«

»Wir sind Ihnen zu großem Dank verpflichtet! Das hilft uns wirklich sehr.« Il Ibn Omar nahm das Döschen höchst erfreut und mit großer Aufmerksamkeit entgegen. »Wie sich doch alles fügt! Allerdings …«, er drehte sich zu Kassim um, »… wird es nichts daran ändern, was die Beweglichkeit deiner Finger anbelangt. Das hat noch kein Balsam je geschafft.« Kassim begriff, dass Il Ibn Omar nicht wollte, dass er sich falsche Hoffnungen machte.

»Wohin reist ihr?«, fragte nun der Mann.

»Nach Jesole«, entgegnete Frère. »Und unser Freund hier«, er wies auf Kassim. »wird noch weiterreisen nach Meside. Bitte entschuldigt, dass wir noch nicht nach eurem Wohl gefragt haben. Ihr seid sicherlich durstig und hungrig. Seid unsere Gäste.« Er wandte sich um und nahm Raschid mit zur Feuerstelle, um für die Ankömmlinge einen Willkommensumtrunk zuzubereiten.

Il Ibn Omar und die alte Frau begannen ein Gespräch über seltene Krankheiten und die Mittel der Heilkunde. Dann gingen sie los, um ein Exemplar des Kaktusgewächses zu suchen, dessen Extrakt in der Salbe enthalten war. Kassim blieb mit dem Fremden allein zurück.

»Woher kommst du?«, wollte der Mann von ihm wissen.

»Ich komme aus einem Dorf nördlich der Stadt Kadut. Es liegt in den Vorbergen zum Hohen Gebirge.«

»Nach Meside willst du also? Zur *Blume der Wüste*?«

»Ja, das will ich.«

»Und wie lange bist du schon unterwegs?«

»Dreißig Tage.« Kassim hatte nach dem Unglück Raschid gebeten, für ihn die Kerben in das Hölzchen zu schnitzen, deshalb kannte er die Dauer seiner Reise bis auf den Tag genau.

»Dreißig Tage?«, staunte der Mann. »Aber weißt du denn nicht, dass es von Kadut aus eine kürzere Reiseroute gibt?«

»Eine kürzere Route?« Kassim hätte sich beinahe verschluckt.

»Man kann Meside in weniger als zwanzig Tagen erreichen. Allerdings ist dieser Weg nicht sehr bekannt. Man muss sich durchfragen. Am Fuß der Berge geht ein kleiner Pfad entlang bis zu ihrem letzten südöstlichen Ausläufer. Von dort aus durchquert man die Wüste bis nach Meside. Diese Strecke wird allerdings nur von kleineren Karawanen genutzt. Ich weiß es nicht aus eigener Erfahrung, sondern nur von einem Verwandten, der den Weg kennt.«

Für einen Moment fehlten Kassim die Worte und er starrte den Mann ungläubig an. Sein Großvater hatte also recht gehabt. Er war derjenige, der sich von Anfang an getäuscht hatte. Er konnte sich noch gut daran erinnern, wie er am See bei Kadut auf das gelbe Zelt zugesteuert war, weil es ihm am meisten imponiert hatte. Er hatte keinen weiteren Gedanken daran verschwendet, dass es dort am Ufer noch andere Karawanen hätte geben können, die für seine Unternehmung geeigneter gewesen wären.

Ich war mir so sicher, dass mich nur die größte Karawane an mein Ziel bringen kann. Die Bedeutendste musste es sein, dachte er. *Ich war verblendet. Und hat nicht Gaspar José noch kurz davor gemeint, ich solle keine Gesetze aufstellen, wie etwas zu sein hat …?*

Er schämte sich plötzlich für seine Dummheit und den Zweifel, den er seinem Großvater gegenüber gehegt hatte.

»Ich habe mich geirrt und mich der falschen Karawane angeschlossen«, gestand er dem Fremden.

»Das kann man sehen, wie man will.« Der Mann lachte und zuckte mit den Schultern. »Ich werde jetzt wohl besser die Tiere tränken.« Er nahm alle vier Pferde an ihren Halftern, machte ein paar Schritte in Richtung Wasserstelle hinter den Bäumen und blieb dann auf einmal wieder stehen, als wäre ihm noch etwas eingefallen.

»Ich selbst reise immer nur von Osten nach Westen und wieder zurück. Seit Jahren immer nur in diese beiden Richtungen.«

»Warum?«, fragte Kassim.

Der Mann wandte seinen Blick in Richtung Süden, dabei zog er seine Stirn hoch, als würde er dort in der Ferne etwas Unbeschreibbares bestaunen.

»Warum?«, wiederholte er und hielt dann für einen Moment inne. »Ja, warum nur? Es ist schon verrückt mit uns Menschen. Ich gehe von Ost nach West und wieder zurück aus einem einfachen Grund. Weil in mir die Sehnsucht nach dem Süden lebt. Und …«, mitten im Reden brach er ab, als hätte er schon zu viel preisgegeben, und trottete mit seinen Pferden davon.

Eine lange Weile schaute Kassim Richtung Süden. Er versuchte, sich zu erinnern, was es dort, laut der Karten im großen Atlas, den er mit Raschid studiert hatte, Interessantes gab und wonach sich der Mann sehnen könnte. Irgendwann, wenn man weit genug wanderte, würde man an die Landesgrenze stoßen, daran erinnerte er sich, aber ansonsten konnte er sich an nichts

Außergewöhnliches erinnern. Es stand auch nichts geschrieben über ein besonderes Volk, eine schöne Landschaft oder einen berühmten, reichen Ort. Als er nachdenklich in das Licht des Südens blickte, wurde ihm auf einmal bewusst, dass der Mann nichts Bestimmtes gemeint hatte, nicht etwas, das man benennen konnte. Kassims Augen wanderten nach oben und sahen über der Ebene das tiefe Blau des Himmels strahlen. Seit dem Unfall hatte er ihn nicht mehr betrachtet.

Er ist noch da. Unverändert schön. Egal, wie es mir geht und ob ich ihn sehe, ging es ihm durch den Kopf. *Ewig leuchtet er – ewig und unerreichbar.*

Plötzlich fasste ihn jemand von hinten an der Schulter. Es war Raschid, der ganz aufgeregt war und ihm etwas mitteilen wollte.

»Hast du es auch gehört? Die alte Frau hat von Wundern gesprochen und dabei ist mir etwas eingefallen. Etwas außerhalb von Jesole gibt es eine Quelle. Man sagt, sie sei heilig. Dort sollen sich schon Wunder zugetragen haben. Ich werde dich zur Quelle bringen.« Er drückte Kassims Arm. »Du glaubst doch an Gott. Wunder sind Teil seines Werks und vielleicht wird deine Hand wieder heilen!«

Kassim sah zum Horizont im Süden, auf die Linie, wo der Himmel die Erde berührte. »Danke, Raschid«, sagte er leise. In ihm keimte Hoffnung auf. »Danke«, wiederholte er.

Das Gesicht seines Freundes strahlte und zusammen gingen sie zu den anderen an die Feuerstelle, wo der Tee bereits ausgeschenkt wurde. In den nächsten Tagen konnte Kassim an nichts anderes mehr als an ein Wunder denken.

An der Quelle

Jesole war ein fruchtbares Oasenstädtchen mit prächtigen Dattelplantagen und silbrig schimmernden Olivenhainen. Es lag inmitten der Wüste an einem seichten, breiten Fluss, der im Nordwesten aus dem Untergrund drang. Etwa zehn Kilometer weiter im Süden verschwand er wieder in der Erde und niemand wusste, wo er entsprang und wo er endete.

Il Ibn Omar und sein Neffe zählten zu einer in Jesole sehr angesehenen Familie. Sie besaßen ein stattliches Anwesen mit geräumigen Stallungen in unmittelbarer Nähe zum Fluss. Die Früchte der Oase hatten die Familie reich gemacht. Sie besaßen ertragreiche Plantagen mit Dattelpalmen, Feigen-, Oliven- und Arganbäumen. Aus den Oliven und den Argannüssen gewannen sie kostbares, goldenes Öl, das zusammen mit den Datteln nach Meside gebracht oder an die durchziehenden Karawanen verkauft wurde.

Als die Reisenden eintrafen, veranlasste Raschids Vater, der Il Ibn Omars jüngerer Bruder war, ein festliches Abendmahl. Die kleine Karawane war mehrere Wochen unterwegs gewesen und ihre Rückkehr sollte gebührend gefeiert werden. Kassim wurde herzlich als neuer Freund der Familie willkommen geheißen.

Nach dem Begrüßungstrunk führte Raschid ihn durch das weitläufige Haus. Es war ein zweistöckiges Gebäude in Form eines Quadrats mit einem üppigen Garten in der Mitte. In ihm gediehen Granatäpfel, Orangen, Zitronen und fremdartige dunkelblättrige Magnolienbäume mit zartweißen Blüten, die sich zu tellergroßen Sternen öffneten. Ein kleiner Springbrunnen und der Schatten der Pflanzen sorgten für angenehme Temperaturen in den Zimmern des Hauses. An den Säulengängen, die zum Garten führten, wuchsen Jasminbüsche und Kletterpflanzen mit violetten und roten Blüten, deren Aromen sich mit dem Weihrauchduft, der die Räume durchzog, vermischte.

Raschid erklärte, dass Il Ibn Omar im Osttrakt wohne. Diese

Seite des Hauses wies sogar ein drittes Stockwerk auf. In ihm befand sich das Studierzimmer des Gelehrten, dessen Dach zu einer Terrasse für seine astronomischen Arbeiten ausgebaut war. Wann immer Frère sich in Jesole aufhielt, wohnte er in den Räumlichkeiten seines Freundes. Il Ibn Omars Neffe bewohnte mit seinen Eltern, seinen zwei erwachsenen Brüdern und der Schwester seiner Mutter den Rest des Hauses.

Raschid zeigte Kassim das Gästezimmer, das direkt neben seiner Kammer lag. Es war ein prächtiger Raum, dessen Fenster auf den kühlen Innenhof hinausging. Durch die kunstvoll geschnitzten Holzläden fiel schummriges Licht, was ein bisschen an den vornehmen Salon von Gaspar José erinnerte. Als er durch das Fenster in das üppige Grün des Gartens spähte, kam es ihm nach den kargen Tagen in der Wüste vor, als seien sie in einem Lustgarten aus Tausendundeiner Nacht angekommen. Doch so richtig wollten ihn die Annehmlichkeiten des fürstlichen Hauses und die großzügige Gastfreundschaft nicht aufheitern, denn da war immer noch seine nutzlose Hand, an die er ständig denken musste.

Raschid hatte das Versprechen, mit seinem verletzten Freund die heilige Quelle aufzusuchen, nicht vergessen. Kassim wäre am Morgen nach ihrer Ankunft am liebsten gleich dorthin aufgebrochen, aber alle bestanden darauf, dass sie zuerst einen Ruhetag einlegten.

Die Wunde an der Hand hatte sich geschlossen und Kassim konnte neue Kraft in seinen Fingern spüren. Als Il Ibn Omar den Verband wechselte meinte er, dass die Kaktuswurzelmischung wohl Wirkung gezeigt hätte. Den Daumen und den kleinen Finger konnte Kassim ein bisschen bewegen, die drei mittleren Finger waren steif, so wie ihm vorausgesagt worden war.

Am dritten Tag brachen Kassim und Raschid dann endlich mit zwei kräftigen Mulis, die sie sich geliehen hatten, zur Quelle auf. Um dorthin zu gelangen, mussten sie die Oase in nördlicher Richtung verlassen und ungefähr eine Stunde durch die steinige Wüste reiten. Schnell ließen sie Jesole hinter sich.

Nach wenigen Kilometern zeigte Raschid auf ein Felsmassiv, das sich in der Ferne erhob, und erklärte, dass dieses durchsetzt sei von kleinen Höhlen und dass in einer von ihnen die Quelle entsprang. Das seltsame an dieser Quelle war, dass sie nicht nur in einer der Höhlen entsprang, sondern dort auch direkt wieder im Untergrund verschwand – ähnlich dem Fluss, an dem Jesole lag.

Je näher sie dem Berg kamen, desto bedrohlicher und größer wurde er. Schließlich standen sie vor einem zerklüfteten steinigen Buckel, an dessen Abhängen Büsche und Gräser wucherten. Sie trieben ihre Maultiere zum Aufstieg an. Bald wurde der Weg zu steil und sie machten bei einem kleinen Baum halt.

»Der Eingang zur Quelle sollte nicht mehr weit sein. Er ist ein bisschen versteckt. Am besten lassen wir die Mulis zurück und suchen die Grotte zu Fuß«, entschied Raschid. Sie stiegen von ihren Tieren ab und banden sie an den Baum. Dann bahnten sie sich ihren Weg durch die verfilzten Gräser und das dichte Gestrüpp den Berg hinauf.

»Ich bin mir nicht mehr sicher, zu welcher Seite wir uns halten müssen«, meinte Raschid nach ein paar Minuten, blieb stehen und blickte sich um.

Kassims verletzte Hand stach. Die Sonne stand schon im Zenit und er war durstig. »Wann warst du das letzte Mal hier?«, fragte er.

Sein Gefährte blickte sich um. »Es ist schon einige Jahre her. Es war zusammen mit meinen Brüdern.«

»Wird dieser heilige Felsen denn nicht öfter besucht?«, wollte Kassim wissen. Es wunderte ihn, dass sie allein waren und nicht mehr Menschen an einen Ort pilgerten, dem man Heilkräfte zusprach.

»Nein, eigentlich nicht.« Raschid rieb sich die Nase. »Nicht jeder weiß von der Quelle. Eigentlich handelt es sich nur um eine alte Legende.«

»Was meinst du mit Legende?«

»Das Wunder«, erwiderte Raschid. »Man sagt, die Quelle hat vor sehr langer Zeit einem mutigen Sarazenenkrieger, der im Sterben lag, das Leben wiedergeschenkt. Schwer verletzt hat ihn sein Pferd hierher gebracht. Im Dunkeln der Höhle hat der Mann zu seinem Gott gebetet und ist daraufhin genesen. So hat man es mir erzählt, als ich klein war.«

»Und seither ist kein Wunder mehr geschehen?«, erkundigte sich Kassim. Er begann sich unwohl zu fühlen. Die Hitze war unerträglich und er fing an, an der ganzen Unternehmung zu zweifeln.

»Es gab nur dieses eine Wunder«, sagte Raschid und schaute ihn unsicher an.

»Aber du hast von Wundern gesprochen. Ich habe angenommen, dass die Quelle vielen oder zumindest einigen Menschen geholfen hat.«

Sein Freund wurde rot im Gesicht. »Man hat mir gesagt, ein Wunder hänge von der Kraft ab, mit der man Gott liebt. Offenbar hatte bisher nur dieser sterbende Krieger eine ausreichend große Sehnsucht nach Gott. Du kannst es doch zumindest versuchen … Du suchst doch Gott, oder nicht?«

Kassims Beine fühlten sich an wie gelähmt, sie wollten keinen Schritt mehr weiter. Traurig schaute er den grünen Abhang hoch. *Wenn Raschid wüsste. Genau an dieser Kraft fehlt es mir ja,* dachte er. *Hätte ich sie, dann hätte sich Gott mir schon längst gezeigt, so wie er es bei Babbo getan hatte. Oder bei Frère. Sie haben gesagt, dass man es daran erkennt, dass sich Frieden einstellt. Aber ich habe keinen Frieden in mir. Im Gegenteil, nichts ist weiter weg als der Frieden! Ich bin kein mutiger, gläubiger Krieger! Ich bin wie all die Menschen, die keine Wunder erfahren.*

Er zog seine Armschlaufe ab und stützte seine verletzte Hand mit seiner Rechten. Er hörte Raschid in der Hitze schwer atmen und ihm wurde bewusst, wie sehr sein Freund sich seinetwegen abmühte. *Ein kleiner Blick auf die Quelle kann ja nicht schaden,* dachte er. Ihre Kehlen waren ohnehin ausgetrocknet und sie brauchten eine Pause. »Also gut, lass es uns versuchen«, sagte Kassim, bereit, seine letzten Kräfte zu mobilisieren.

»Bleib hier und ruh dich aus. Ich erkunde die rechte Seite des Hanges. Ich glaube, ich erinnere mich wieder ...« , rief Raschid erfreut und verschwand hinter zwei Büschen. Kassim setzte sich auf eine Steinkante, die aus der Böschung ragte, und wartete.

Es dauerte nicht lange, da hörte Kassim, wie Raschid nach ihm rief. Er versuchte ihn am Hang auszumachen, konnte ihn aber nicht finden und so folgte er seinem Pfad durch das Gestrüpp. Er fand ihn an einer lichten Stelle, zusammen mit zwei Jungen, die nur wenige Jahre älter zu sein schienen als er und Raschid. Einer von ihnen war groß und schlank, der andere klein und untersetzt. Beide trugen trotz der Hitze keine Turbane, sondern hatten ihre Tücher lose um den Hals geschlagen. Als Kassim näher kam, sah er, dass die Stimmung unter ihnen keineswegs friedlich war. Der Größere hatte Raschids Arm auf den Rücken gedreht und hielt ihn fest, wärend der andere vor ihm stand und ihn bedrohte.

»Kassim!«, keuchte Raschid, als er ihn bemerkte.

»Da ist er!«, sagte der große Junge und musterte ihn. Der andere drehte sich um und starrte ihn ebenfalls an.

»Bleib stehen!«, befahl der Große. »Oder ich breche deinem Freund hier den Arm und mache ihn zu einem Krüppel, wie du einer bist.«

Kassim hielt sofort inne. Der Junge lachte selbstsicher und presste Raschid fest an sich, sodass dieser vor Schmerz aufschrie. Kassim sah, wie sich die Muskeln unter den dicken Lederbändern, die der Junge an seinen nackten Unterarmen trug, anspannten. Sein Herz schlug ihm bis zum Hals.

»Ist das ein Messer, das du da am Gürtel trägst?«, fuhr der Große ihn an. Scheinbar gab er hier den Ton an. »Wirf es her! Zusammen mit deiner Umhängetasche!«

Kassim streifte seinen Beutel mit dem rechten Arm über den Kopf und stellte ihn vor sich auf den Boden. Dann versuchte er, sein Messer aus der Scheide zu ziehen, doch es gelang ihm nicht. So sehr zitterte seine Hand.

»Geh und hilf dem Krüppel. Bring den Dolch und schau, was in der Tasche ist«, befahl der Anführer dem Kleinen. Dieser tat, wie ihm gesagt wurde, ging zu Kassim, packte das Messer und leerte den Inhalt der Umhängetasche auf den Boden. Mehmets Trinkschale rollte heraus, getrocknetes Obst, etwas Fladenbrot und der zweite Schal. Mehr war nicht darin. Gott sei Dank hatte Kassim sein Geld in seinem Zimmer in Jesole gelassen.

»Nichts drin, alles wertlose Sachen«, stellte der kleinere Junge fest, als er sich über die Sachen beugte. »Die hier nehme ich. Die ist hübsch, die kann ich gut gebrauchen.« Er nahm Mehmets Schale und steckte sie in seine Jackentasche.

»Wir wollen alle Wertsachen, die ihr bei euch tragt. Habt ihr verstanden? Alles!« Der Große deutete mit seinem Kinn auf seinen Gefangenen. »Was hast du zu bieten, um deinen Kameraden hier freizukaufen?« Dabei verdrehte er Raschids Arm so stark, dass dieser erneut aufheulte. Kassim begann zu schwitzen. Mit der rechten Hand griff er sich unter seinen Kaftan und flehte in Gedanken: *Babbo, verzeih mir. Ich weiß nicht, was ich sonst tun soll.* Dann zog er mit einem Ruck Zephiros Tasche hervor und sagte laut: »Ich habe nur noch das hier.«

»Oh, nein«, stöhnte Raschid auf.

»Was ist das? Hol es dir«, schrie der Anführer seinem Kumpan zu. Dieser riss Kassim Zephiros Tasche aus der Hand.

»Keine Ahnung«, antwortete er, während er sie hin und her drehte. »Eine Mappe aus Leder.«

»Und was ist drin?«, rief der Große.

»Ich weiß es nicht. Ich kann sie nicht öffnen, der Knoten ist zu fest.«

»Was ist drin, sag schon!« Der Junge richtete die Frage nun an Kassim.

»Ich weiß es nicht.«

»Wie, du weißt es nicht? Verkauf mich nicht für dumm«, schrie der Große grimmig. »Niemand trägt eine Tasche mit sich herum und weiß nicht, was sich darin befindet!«

»Naja, …«, wandte der Kleine ein, »Als ich noch ein Kind war, wollte ich Kurier werden. Ein Kurier befördert Briefe und Päckchen quer durch das Land und manchmal sogar weit darüber hinaus. In diesem Beruf kennt man viele, wenn nicht alle Orte und Wege, sieht die Welt, aber weiß nicht, was man mit sich trägt …«

»Red keinen Unsinn«, fiel ihm der Anführer ins Wort. »Dieser Junge ist bestimmt kein Kurier und diese Tasche ist kein Päckchen. Wir hingegen sind Diebe. Und Diebe kriegen alles auf.« Er lachte süffisant. »Mach schon. Schneide die Tasche mit dem Messer auf! Muss man dir denn immer haarklein sagen, was zu tun ist?«

Obwohl Kassim in der prallen Sonne stand und schweißgebadet war, fror er am ganzen Körper. Er sah zu Raschid, der ihn voller Entsetzen anstarrte.

Der kleine Junge schnitt mit dem Messer in den Knoten und das Lederband sprang auf wie eine gespannte Saite. Dann gab er einen erschrockenen Schrei von sich: »Oh Gott! Auf dem Messer steht eine Name. *Kassim* steht da geschrieben!« Entsetzt starrte er auf den hölzernen Griff. Dann warf er das Messer weit von sich ins Gebüsch.

»Das bin ich«, sagte Kassim. Der Junge stierte ihn mit weit aufgerissenen Augen an.

»Was ist los mit dir, drehst du jetzt völlig durch?«, fauchte der Ältere.

»Weißt du denn nicht, dass ein Messer, auf dem ein Name steht, nur von seinem Besitzer benutzt werden darf? Allen anderen Menschen bringt es Unheil, schreckliches Unheil! Ich habe das selbst schon gesehen!«, schrie der Kleine. »Lass uns von hier verschwinden! Die hier nehmen wir mit.« Er drückte Zephiros Tasche fest an sich und stürmte am Gestrüpp vorbei die Halde hinunter. Der andere stieß seinen Gefangenen mit Wucht beiseite, sodass dieser zu Boden ging, und jagte seinem Komplizen in großen Sätzen hinterher.

Kassim stolperte hastig zu Raschid, um nachzusehen, wie es ihm ging. Er versuchte, ihm aufzuhelfen, sein Freund ließ es aber nicht zu und blieb auf der Erde sitzen, als wäre alle Kraft aus ihm gewichen.

»Oh, es tut mir so leid«, schluchzte er. »Ich kann es nicht fassen. Die Tasche ist weg! Ich Idiot, ich hätte wissen müssen, dass so weit abseits der Wege Gefahren lauern!«

Kassim setzte sich neben ihn auf den Boden. Er wusste nicht, was er sagen sollte, denn er fand in sich selbst keinen Trost, den er an Raschid hätte weitergeben können. Er dachte daran, wie der Große ihn Krüppel genannt hatte und wie sehr es ihn schmerzte, dass er damit recht hatte. Er legte seinen gesunden Arm um die Schulter seines Freundes und fragte: »Du bist nicht verletzt, oder?«

»Nein, bin ich nicht«, stammelte dieser und wischte sich mit dem Ärmel den Schweiß aus dem Gesicht.

»Das ist das Wichtigste«, sagte Kassim. Dann hockten sie da und schwiegen. Es war unfassbar und kaum zu glauben, was geschehen war. Der Schreck saß tief. Irgendwann stand Kassim dann doch auf, ging zu der Stelle, wo der kleinere Bursche sein Messer hingeworfen hatte, hob es auf und steckte es in die Lederscheide an seinem Gürtel. Dann sammelte er seine verstreuten Besitztümer zusammen und packte sie wieder in seine Umhängetasche.

»Lass uns die Quelle suchen«, schlug er vor. Etwas Besseres fiel ihm nicht ein.

»Sie ist da drüben.« Raschid wies mit dem Arm nach rechts. »Ich hatte den Einstieg in den Felsen gerade gefunden und wollte dich holen kommen, da hat mich dieser Kerl gepackt.«

Kassim schaute in die Richtung, in die sein Begleiter deutete.

»Du musst gehen. Ich bleibe hier und halte Wache, falls sie zurückkommen«, entschied Raschid.

»Sie werden bestimmt nicht zurückkommen«, erwiderte Kassim. »Und falls doch, wie würdest du dich dieses Mal wehren?« Er legte seine Hand auf die Schulter seines Freundes, der doch recht mitgenommen wirkte. »Aber bleib ruhig hier, ich bin bald wieder zurück.«

Kassim kämpfte sich durch dichtes Gestrüpp und kletterte den Hang hinauf. Gerade als er dachte, er hätte das Gröbste hinter sich, stand er mit einem Mal vor einer Felswand. Hier kam er nicht weiter. In der Hoffnung, den Eingang zur Quelle zu finden, ging er am Fuß des Massivs entlang. Und tatsächlich. Nach wenigen Metern sah er einen Spalt. Er war etwa fünf Meter hoch und zwei Meter breit. Kassim ging hinein. Schnell hatte die Höhle das Tageslicht verschluckt und er tastete sich am Fels entlang weiter.

Je weiter er vordrang, desto schwärzer wurde es um ihn. Ihm wurde unheimlich und er dachte schon daran, umzukehren, als er ein leises Gurgeln aus dem Inneren des Berges vernahm. Das musste die Quelle sein. Er ging weiter. Der Gang machte einen Knick und weitete sich dann zu einer dämmrigen Grotte. Dünne Lichtstrahlen durchbrachen das Zwielicht. Kassim sah nach oben und konnte einige kleine Öffnungen erkennen, durch die etwas Sonnenlicht hereinkam. Am anderen Ende der Höhle rieselte Wasser die Wand herab und sammelte sich in einem Rinnsal. Er ging ein paar Schritte in die Grotte hinein. Dann zog er seinen Schal vom Kopf und setzte sich an eine Stelle am Rand des Bächleins, wo ein größerer Lichtkegel seinen Grund erhellte. Er beobachtete, wie das Quellwasser über die Kieselsteine dahinplätscherte. Sie leuchteten in den Farben des Felsens, in Weiß, Grau und blassem Türkis.

Ich habe es nicht geschafft, dachte er verzweifelt, *einfach nicht geschafft. Nach all den Wochen kann ich nicht einmal Babbos Auftrag zu Ende bringen … Es ist vorbei. Ich werde mit leeren Händen nach Meside kommen …*

Auf einmal war er froh, dass Raschid sich entschieden hatte, ihn nicht mit in die Höhle zu begleiten. Kassim hatte das starke Bedürfnis, allein zu sein. Das Wasser murmelte leise vor sich hin.

Ich weiß nicht, wie es weitergehen soll, dachte er. Dann versuchte er zu beten, aber er wusste nicht mehr, wie es ging. Die Worte wollten ihm einfach nicht über die Lippen kommen. Hatte er überhaupt je gewusst, wie man wahrhaftig ein Gebet spricht, fragte er sich. Langsam wickelte er den Verband von seiner linken Hand und schaute sie an, dann tauchte er sie in die Quelle. Das Bächlein war kalt. Er wartete eine Weile, dann zog er die Hand wieder heraus. Nichts war geschehen. Er tauchte sie erneut hinein und sah, wie das klare Wasser über sie dahinfloss. Wieder nahm er sie heraus und wieder geschah nichts. Als Nächstes schöpfte er das Wasser mit beiden Händen, vielleicht würde es etwas bewirken, wenn man es zu sich nahm. Sein Mund und seine Kehle waren ausgetrocknet und er trank von der Quelle in großen Zügen. Er wartete, aber es tat sich nichts. Die Hand blieb verletzt und steif.

Dann brach es wie ein heftiger Sturm über ihn herein. Tief aus seinem Inneren erhob sich ein Zittern, das seinen ganzen Körper erfasste. Tränen strömten über seine Wangen und über die Hände, die er vor sein Gesicht hielt, als könne er damit seine Verzweiflung zurückhalten. Sie liefen über seinen Hals bis auf seine bebende Brust.

Hatte er wirklich gedacht, seine Finger würden wieder heilen? Hatte er wirklich an ein Wunder geglaubt? »Es gibt keine Wunder«, weinte er. Er dachte wieder daran, dass er Simone einen Teil seines Geldes für dessen kranke Tochter gegeben hatte, und er war froh darüber. Er dachte an all die Gelegenheiten, in denen er jemandem geholfen hatte oder er selbst Hilfe empfangen hatte. Vielleicht waren das die wirklichen Wunder und mehr gab es nicht. Aber auch das konnte nicht die ganze Wahrheit sein, da war er sich tief in seinem Inneren sicher. Er schlang die Arme um seine angwinkelten Knie und ließ seinen schweren Kopf nach vorn sacken.

Wie einfach man doch etwas verliert, dachte er. Ihm kam die Geschichte der Frau aus Monte wieder in den Sinn und jetzt dämmerte es ihm: *Was kann mir je wirklich gehören, wenn ich es doch wieder verlieren kann? Nichts. Nicht einmal diese Hand gehört mir! Man kann nie etwas wahrhaftig besitzen. Es ist ein fortwährendes Werden und Vergehen, das außerhalb meiner Macht steht.*

Und dann sah er seinen Großvater vor sich und dachte an all das, was er ihn zu lehren versucht hatte. *»Erinnere dich stets daran, dass nichts ist, wie es scheint«*, hatte er ihm mit auf den Weg

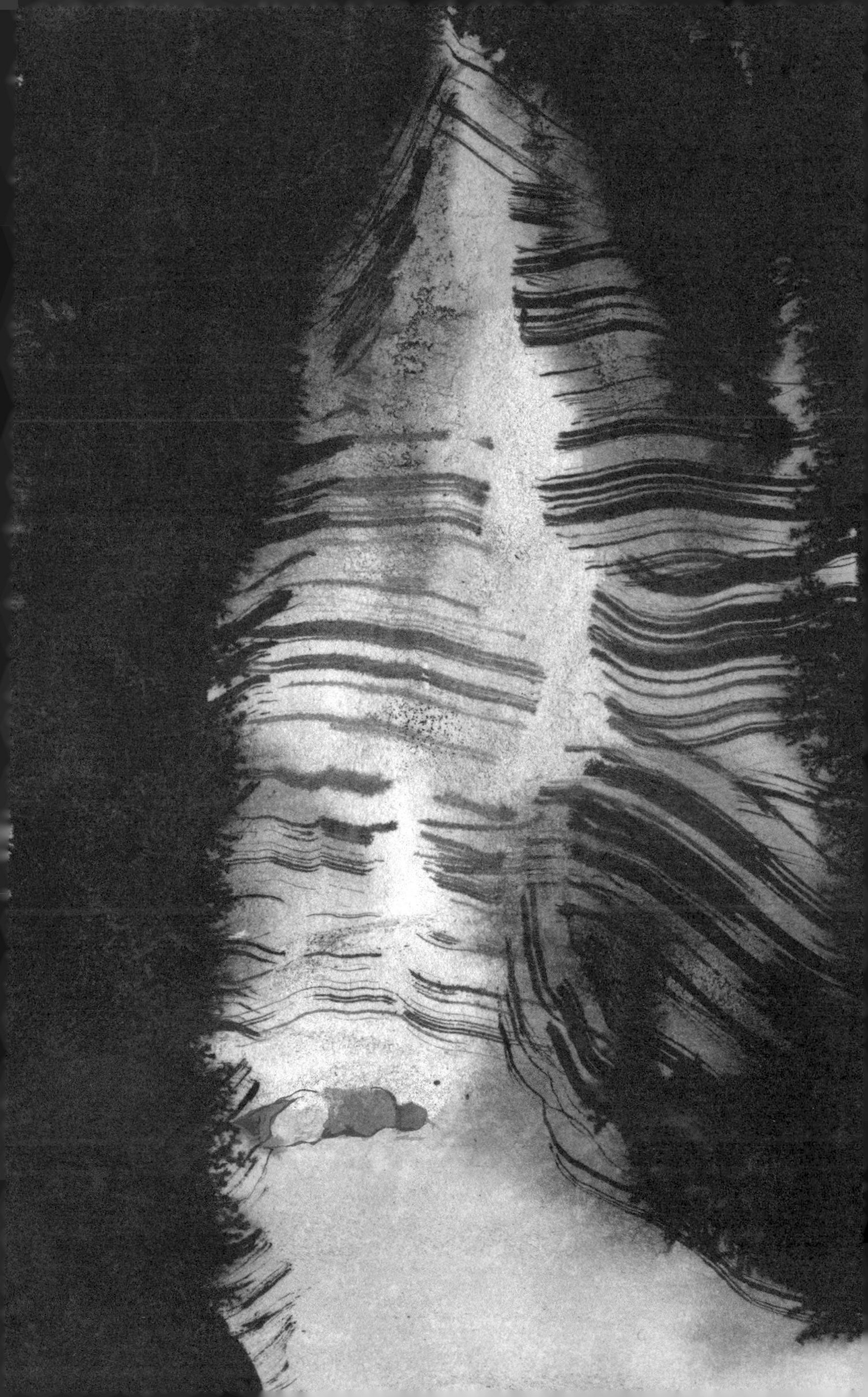

gegeben. Wie hatte er das vergessen können, obwohl er diese Erfahrung auf seiner Reise immer wieder machen musste? Alles war anders gekommen, als er angenommen hatte. Jetzt konnte er es erkennen. *Aber wenn nichts ist, wie es scheint, wie ist es dann?*, fragte er sich. *Und wo ist Gott in alledem? Wo?*

Dann kamen ihm Frères Worte in den Sinn, dass die Welt aus dem Geist entstand. Er verstand es noch immer nicht.

Er war so müde, so unglaublich müde. Er legte sich erschöpft auf den kühlen Boden, legte seinen Schal unter seinen Kopf und dachte ans Sterben.

Er schlief zwar nicht ein, glitt aber in einen traumähnlichen Zustand hinüber. In seiner Vorstellung sah er den Gang, der durch Il Ibn Omars Haus zum Studierzimmer führte. Er hatte keine Kraft, sich darüber zu wundern, warum gerade jetzt das Bild von diesem Ort in ihm aufstieg, und so ließ er es geschehen. Der Korridor grenzte wie die anderen Arkadengänge an den Innenhof, war aber nicht offen, sondern verfügte nur über kleine Spitzbogenfenster, durch die das Tageslicht hineinfiel. Seine Wände waren weiß gestrichen, er konnte sich nicht erinnern, dass sich etwas Bemerkenswertes in ihm befand. Es gab keinen Sessel zum Sitzen, keinen Schrank, der etwas aufbewahrte, es hingen keine Bilder der Familie an den Wänden und auf dem Boden lag kein Teppich. Der Gang war hell und kühl. Vor allem aber war er vollkommen leer, das wurde Kassim in diesem Augenblick bewusst. Er ging weiter. Es kam ihm aber vor, als ob nicht er derjenige war, der lief, sondern dass er der leere Gang war, in dem ein Junge namens Kassim versuchte, seinen Weg zu finden. *Was für eine eigenartige Vorstellung und was für ein seltsames Gefühl,* staunte er.

Er öffnete die Augen. *Wie schön es ist.* Er schaute in den Lichtschein, der von der Felsendecke herabfiel, und war vollkommen gelassen. *Und all das ist in meinem Geist,* dachte er. Er sah sich selbst von außen betrachtet auf dem Boden der Grotte neben der Quelle liegen. *Ich bin nicht mein Körper. Ich bin größer als die*

Dinge, die geschehen. Auch das hat Babbo gesagt. Jetzt verstehe ich es. Jetzt fühle ich es. Die Welt ist in mir. Er musste lächeln. *Und ich bin in Gott.*

Eine lange Zeit verstrich, in der Kassim sich nicht rührte. Irgendwann kam ihm Raschid in den Sinn, der in der Hitze auf dem Hang auf ihn wartete, und er entschied sich, ihm einen Schluck des Quellwassers zu bringen. Er dachte an Mehmets Schale, die der Junge zusammen mit der Tasche mitgenommen hatte, und musste darüber lachen. Zu seinem großen Erstaunen kümmerte es ihn nicht mehr.

Er setzte sich auf und tauchte seine beiden Hände in den Bach, um sie mit Wasser zu füllen. Er sah, dass er das Wasser auf diese Weise nicht nach draußen bringen konnte, der Weg war zu lang und er würde es unterwegs verlieren. *Es ist wie mit Erkenntnissen, wurde ihm klar. Man kann sie nicht zu den anderen tragen. Vielleicht schafft man es, ein paar Tropfen zu geben, so wie mein Großvater und Frère es getan haben, aber jeder muss selbst an die Quelle kommen. Das meinten sie, wenn sie vom Finden der Wahrheit sprachen.*

Er ließ das kühle Wasser über seine Hände laufen und schaute auf seine Verletzung. Sie hatte sich nicht verändert. Die Haut der Wunde leuchtete in einem hellen Rot, die mittleren Finger waren leicht gekrümmt und steif. Er sah sie an und eine warme Kraft durchflutete ihn, die alles zu umschließen schien. *Wie wundervoll,* dachte er mit Erstaunen. *Wie unglaublich schön!* Dann lachte er. Er konnte nicht aufhören, zu lachen. Er lachte so laut, dass es in der Höhle hallte, und rief in die Luft: »Danke!«

Sein Herz war so leicht und voller Dankbarkeit. Was hatte er doch für zwei gute Hände! Eine war gesund und schön und die andere war verletzt und ebenfalls schön. Es ist wie das Vergessen, ging es ihm durch den Sinn. *Wenn man keine Vorstellungen darüber hat, wie eine Hand zu sein hat, dann ist sie, wie sie ist. Und wie immer sie auch ist, sie ist schön!* Er fühlte in sich eine tiefe Freude.

»Was ist passiert?« Raschid stand plötzlich am Grotteneingang. Er war gekommen, um nachzusehen, wo sein Gefährte blieb.

»Nichts«, sagte Kassim und lachte ihn an.

»Warum lachst du?«, fragte sein Freund, der sich im Dämmerlicht in der Höhle umblickte.

»Ich kann es dir nicht erklären. Nur eines kann ich sagen: Alles ist gut!«

»Deine Hand?«, fragte Raschid mit großen Augen. »Ist sie geheilt?«

»Nein, das ist sie nicht.« Kassim lächelte und streckte ihm seine linke Hand hin, damit er sie sehen konnte. »Mach dir keine Sorgen mehr um mich und meine Hand.«

Er spürte Raschids Verwirrung, aber er konnte ihm nicht erklären, was sich ereignet hatte, er wusste es selbst nicht und hatte keine Worte dafür. Es war wie das Wasser, das er mit seinen Händen nicht greifen konnte.

»Komm, trink von der Quelle,« sagte er stattdessen zu ihm.

Raschid war mehr als enttäuscht darüber, dass das Wunder ausgeblieben war, und konnte sich Kassims Fröhlichkeit nicht erklären. Er löschte seinen Durst, dann verließen sie die Höhle und liefen den Abhang hinunter zu der Stelle, wo sie ihre Mulis zurückgelassen hatten. Der Baum, an den sie ihre Reittiere gebunden hatten, stand einsam und verlassen da. Die Diebe hatten offenbar erneut zugeschlagen.

»Verdammt! Auch das noch!« fluchte Raschid wütend.

»Dann gehen wir eben zu Fuß. Irgendwann werden wir Jesole schon erreichen.«

»Wie kannst du nur so ruhig sein?«

Aber Kassim hörte seinen Freund nicht mehr. Mit großen Schritten lief er den Hügel hinunter der Ebene entgegen und rief dabei unbeschwert: »Komm! Denk nicht mehr an das, was wir nicht mehr haben, denk an das, was wir haben – unsere Beine!«

Er hörte sich selbst eine Melodie pfeifen. Bis zu diesem Augenblick hatte er nicht gewusst, was Leichtigkeit wirklich bedeutete. Er hatte noch immer den Eindruck, als sei er außerhalb von sich selbst, ja, sogar außerhalb dieser steinigen Wüste, die sie gerade eben durchquerten. Das Gefühl, das ihn in der Grotte erfüllt hatte, war noch immer da. *Es ist die Freiheit von allem. Sogar von sich selbst,* dachte er.

Raschid versuchte, ihn einzuholen, hielt dann aber abrupt inne und rief: »Schau!« Mit ausgestrecktem Arm zeigte er auf etwas, das vor ihnen im Staub lag. Dann rannte er an Kassim vorbei und hob etwas vom Boden auf. Wie eine Fahne hielt er einen Gegenstand hoch in die Luft. Es war Zephiros Tasche.

Aus der Entfernung sah Kassim, dass etwas Glänzendes aus der Tasche hervorquoll. Beim Näherkommen erkannte er, dass es das Innenfutter war. Er nahm Raschids Fundstück entgegen und musterte den Stoff.

»Was für eine herrliche gelbe Seide.«

Sein Freund stieß einen Seufzer aus und schüttelte ungläubig den Kopf. »Es muss etwas wirklich Wertvolles darin gewesen sein!«

»Schau dir diese Farbe an! In der Sonne schimmert sie wie flüssiges Gold!«

»Was ist nur mit dir passiert? Du bist so anders. Macht dir das, was uns zugestoßen ist, denn gar nichts aus?«, entfuhr es Raschid. Kassim nahm ihn beim Arm, um ihn zu beruhigen, und sagte sanft: »Was geschehen ist, ist geschehen. Es macht für mich keinen Unterschied mehr. Lass uns nach Hause gehen. Ich muss mit Frère sprechen.«

»Warte! Stimmt es, dass es Unglück bringt, wenn man ein Messer benutzt, auf dem der Name eines anderen geschrieben steht? Ich habe dein Messer doch auch schon benutzt!«

Kassim lächelte. »Es gilt nur für den, der daran glaubt.«

»Für den, der daran glaubt? Woher weiß ich denn, ob ich daran glaube oder nicht?«, rief Raschid und eilte Kassim hinterher, der seinen Weg Richtung Jesole zielstrebig fortsetzte.

Sie erreichten Jesole am frühen Abend und Kassim nahm zum ersten Mal die Schönheit des satten Grüns der Oase, ihrer fruchtbaren Felder und blühenden Haine wahr. Er bestaunte die stattlichen Dattelpalmen, deren Blätter im Wind sachte raschelten. Über allem lag ein unbeschreiblicher Frieden. Als sie an den Fluss kamen, zog er sein Holzstöckchen aus der Hosentasche und warf es hinein.

»Was tust du da?«, fragte Raschid.

»Ich brauche es nicht mehr.« Kassim blickte dem Ästchen hinterher, das ihn in all diesen Wochen begleitet hatte und nun langsam in den Wellen davontrieb.

»Wie meinst du das?«

Kassim drehte sich ihm zu. »Jetzt muss ich die Tage nicht mehr zählen.«

»Warum?«

»Weil es nichts zu zählen gibt.«

»Willst du damit sagen, dass du deine Reise hier beendest?«, fragte Raschid verwirrt. »Gehst du nicht einmal mehr nach Meside? O Gott, und ich bin daran auch noch schuld! Ich habe dich zur Quelle, in die Arme dieser Diebe geführt. Es tut mir so leid!« Sein Gesicht war bleich.

»Hör nicht auf diese Gedanken. Du bist an nichts schuld. An gar nichts! Niemals. Mach dir keine Vorwürfe.« Kassim umarmte ihn. »Es gibt keine Schuld.«

»Es ist nicht nur das«, stammelte Raschid und begann zu weinen. »Ich habe mir dort oben am Hang gewünscht, du würdest den beiden Halunken etwas anbieten, damit sie uns gehen lassen. Kannst du dir vorstellen, wie erleichtert ich war, als du ihnen die Tasche gegeben hast? Ich fühle mich auch schuldig, weil ich so gedacht habe. Ich hatte solche Angst!«

»Ich weiß. Auch ich hatte schreckliche Angst. Ich habe die Tasche für uns beide gegeben, verstehst du?«, fragte Kassim und hielt ihn fest. »Und ich würde es wieder tun, glaub mir.«

Für einen Moment schwiegen sie beide. Dann lächelte Kassim Raschid an. Er konnte seinem Freund die Erfahrung, die er gemacht hatte, zwar nicht weitergeben, aber er konnte ihn mit aller Kraft spüren lassen, in welchem Licht er die Welt jetzt sah – wie erhaben und rein sie für ihn strahlte. Also wiederholte er mit fester Stimme, was er zuvor gesagt hatte: »Es gibt keine Schuld. Egal, was wir tun, und egal, was geschieht. Wir sind alle ohne Schuld.«

»Und was ist mit diesen Dieben und der Tasche? Und deinen Fingern?«, bemerkte Raschid und wischte sich mit dem Handrücken über die Nase.

Kassim warf die Arme in die Luft und rief freudig: »Ja, meine Hand, die ist so, wie sie ist. Und was die beiden Jungen angeht, sie haben ihren Teil dazu beigetragen, dass ich jetzt weiß, was ich weiß. Schau, ich dachte, die ganze Reise würde nicht länger als vierzig Tage dauern. Aber so wird es nicht sein. Dann war ich so stolz auf Zephiros Tasche und überzeugt davon, sie wäre bei mir sicher. Aber das war sie nicht. Ich habe in meinem Leben nie damit gerechnet, dass ich ein Krüppel werden könnte. Aber ich wurde einer. Ich wollte ein Held wie Jago werden. Aber ich werde keiner. Alles ist anders gekommen. Ich habe keine Ahnung, was als Nächstes geschieht und warum. Raschid, es gibt nichts zu zählen, keine Tage, keine Stunden. Und auch keine Taten. Ich fühle mich befreit. Alles ist gut so, wie es in diesem Moment ist. Mehr als gut.« Als er seinen Gefährten anstrahlte, sah er eine Mischung aus Betroffenheit und Staunen in dessen Augen. »Und jetzt muss ich zu Frère«, sagte Kassim bestimmt und zog ihn mit sich.

Es wurde bereits dunkel, als sie zum Haus von Il Ibn Omar kamen. Während Raschid seinen Vater suchte, um ihm von den Geschehnissen zu berichten, ging Kassim durch den Gang, den er an der Quelle in seiner Vorstellung gesehen hatte. Der Raum war still und kühl. Durch die Fenster, die zum Garten hinausgingen, sah er, dass man die kleinen Fackeln unter den Arkaden bereits angezündet hatte. Am Ende des Korridors befand sich eine Steintreppe, die zur Dachterrasse führte. Kassim war sich sicher, dass er ihn und Frère zu dieser Stunde dort finden würde.

Auf dem Dach fühlte man sich nicht nur dem Himmel und den Sternen näher, von dort aus konnte man auch die ganze Oase überblicken. Das hatte Kassim schon gefallen, als er zum ersten Mal dort oben gestanden hatte. Der Fluss schmiegte sich wie ein glänzender Seidenschal um die weißen Steinhäuser. Er stieg die Treppe hoch, auf deren Stufen ihm Öllämpchen den Weg leuchteten. Seine linke Hand schmerzte, aber es beunruhigte ihn nicht.

Als er auf der Terrasse ankam, sah er Frère auf einem der Kelimkissen sitzen, die verstreut auf einem breiten, in dunklen Farben gemusterten Teppich lagen. In seinem Schoß lag die Gitarre und neben ihm brannte eine Laterne. Il Ibn Omar stand an der Balustrade und schaute nicht, wie erwartet, hoch in das Himmelszelt, sondern hinunter in den Garten im Innenhof.

»Darf ich zu euch kommen?«, fragte Kassim und trat vom Treppenabsatz hinaus auf das Dach.

»Aber selbstverständlich.« Il Ibn Omar drehte sich um. »Ihr kehrt spät zurück. Was ist geschehen?«

Kassim schaute zu Frère, er spürte, dass dieser sein Gesicht studierte, aber nichts sagte. Er nickte mit dem Kopf und setzte sich ihm gegenüber auf eines der Kissen.

»Sprich«, sagte Frère, und Kassim begann zu erzählen. Er ließ sich Zeit und berichtete von den zwei Fremden, davon, wie der eine Raschid festgehalten hatte, von Zephiros Tasche und der unerwarteten Wende, die dazu führte, dass die Diebe türmten. Dann sprach er vom Einstieg in den Felsen und von der Quelle und dem funkelnden Licht auf dem Grund des Wassers und davon, dass er seine verletzte Hand hineinhielt und sie sich nicht veränderte. Er löste den Verband und zeigte seine Finger. Dann schilderte er die Trauer und Erschöpfung, die er verspürt hatte und daraufhin das Gefühl, das ihn plötzlich überkam, als er in der Grotte lag. Er blickte zu Frère und sagte: »Ich sehe jetzt, wie Babbo mir den Weg gewiesen hat und ich es nicht gesehen habe. Und ich verstehe, was du meintest. Alles ist in mir. In meinem Geist.«

Daraufhin schwiegen sie alle. Plötzlich strich Frère über die Saiten seiner Gitarre und in die Stille des Abends hinein ertönte ein weicher Klang, der in die Tiefe des Nachthimmels entschwand. Il Ibn Omar trat lautlos an sein Teleskop und schaute hindurch. Kassim begann wieder zu sprechen: »Ich weiß jetzt, was es mit der Liebe auf sich hat. Ich werde nicht dafür geliebt, was ich tue. Es ist ganz anders.« Er machte eine kleine Pause. »Die Liebe setzt sich über alles hinweg. Nichts steht einem mehr im Wege. Nichts.« Er spürte wieder, wie diese Gewissheit ihn mit einer seltsamen Freude erfüllte. »Sie beginnt in mir selbst. Durch Gott. Es ist Gottes Liebe«, sagte er.

»So ist es, es ist die Liebe des Liebenden. Er füllt dich mit ihr, wenn du ganz leer bist und nichts mehr zu verlieren hast«, erwiderte Frère. »Es beginnt mit einem wunden Herzen.«

Von Süden nach Norden

Raschids Familie schenkte Kassim einen kostbaren Berberteppich als Dank für dessen Rettung vor den Dieben und außerdem ein Säckchen mit antiken Goldstücken, die von zeitlosem Wert seien, wie man ihm erklärte. Kassim wollte sie zuerst nicht annehmen, aber die ganze Familie bestand darauf. »Du solltest nicht mittellos in Meside und beim Freund deines Großvaters eintreffen«, meinten sie. Obwohl ihm alle ihre Begleitung bei der Weiterreise anboten, wollte er alleine in die Stadt wandern. Es waren ein ganzer Tag und eine Nacht in der Wüste, am Mittag danach würde er sie erreichen, erklärte ihm Il Ibn Omar und beschrieb ihm ausführlich die Wegmarken der Route.

Als sie alle im Hof bei den Ställen standen, um ihm Lebewohl zu sagen, überreichte der Gelehrte ihm ein weiteres Geschenk. Es war ein Kompass. »Du weißt, wir erwarten dich auf deiner Heimreise. Auf diesen Umweg müssen wir bestehen«, sagte er. Raschid nickte bei der Forderung seines Onkels heftig mit dem Kopf.

»So Gott will. Ich werde es auf alle Fälle versuchen«, entgegnete Kassim und alle lachten. Dann wandte er sich zu Frère, der ihm dabei half, seine Sachen auf Tebl zu packen.

»Wird sie anhalten, die Liebe?«, fragte er.

Dieses Mal betrübte ihn der Abschied und auch die weitere Zukunft nicht, er wusste selbst nicht so genau, warum er die Dauer der Liebe nun ansprach, doch Frère antwortete: »Das ist eine gute Frage. Eines musst du wissen, die Liebe ist allgegenwärtig. Sie verlässt dich nicht. Wenn du keine Liebe spürst, dann liegt es nur daran, dass du ihre Gegenwart vergessen hast …«

Kassim dachte an seinen Großvater, der sich der Liebe zu jeder Zeit bewusst war. Das war es.

»In den Momenten, in denen sie für dich zu verblassen scheint, wird die Welt dich erneut auffordern, dich erneut auf die Suche zu machen und dich zu erinnern. Mehr kannst du nicht tun«, fuhr Frère fort und streichelte Tebl über den Hals. »Hast du das nicht selbst erfahren? Nichts ist in deiner Macht, aber alles in seiner. In der Hand des Liebenden.« Er lächelte.

Es gab noch etwas, das Kassim von dem Mann wissen wollte: »Es war nicht das Quellwasser oder gar der Ort?«

Frères Augen begannen zu leuchten und er entgegnete: »Sag du es mir. Wie möchtest du es sehen?«

Als sie sich zum Abschied in die Arme fielen, hatte Kassim das Gefühl, er würde gleichzeitig auch Tebl, die Palme neben ihnen, die Luft und den Staub auf der Straße, die Oase und die ganze Welt in die Umarmung mit einschließen.

Die Luft schien zu kochen. Tebl trottete unermüdlich neben Kassim her. Der Pfad durch die Wüste bis nach Meside verlief eben, war aber voller Felsen und Geröll. Sie wanderten langsam und machten viele Pausen. Frère hatte aus leichten Stöcken und einem Stück festen Stoff ein kleines Sonnendach gebaut, das Kassim auch mit der steifen Hand aufbauen konnte. Jedes Mal, wenn sie sich ausruhten, stellte er es auf, setzte sich darunter und schaute in die Weite. Als es dämmerte, schlug er an einem mannshohen Stein sein Nachtlager auf, entzündete ein Feuer, kochte Tee und aß Brot und Früchte. Dann legte er sich unter das Sonnensegel mit Blick Richtung Meside und einer guten Sicht in den nächtlichen Himmel. Neben der feinen silbernen Mondsichel funkelte der Abendstern wie ein geschliffener Diamant. Zusammen schienen sie ihm aus einem dunklen, geheimnisvollen Garten zuzulächeln. Er war glücklich.

Es war kurz vor Mittag, die Sonne stand im Zenit und die Schatten waren kurz, als Kassim Meside erblickte. *Sie ist eine wahrhaft erhabene Wüstenstadt*, dachte er, als er sie endlich vor sich sah.

Hochgewachsene Zypressen umsäumten die aus Sand und Stein gebaute, ockerfarbene Stadtmauer wie Höflinge einen König. Zwischen den flachen Dächern der Häuser sah man edle Türme und glänzende Kuppeln, die dem Himmel entgegenstrebten.

Kassim schritt mit Tebl durch das offene Stadttor. Auf der anderen Seite fand er sich in einem Strom aus Menschen, Pferden,

Eseln mit Karren, Ziegen und Schafen, spielenden Kindern, streunenden Katzen und Hunden wieder. Er roch Gewürze, Feuer, gebratenes Fleisch, frischen Mist, Schweiß und noch etwas anderes – über allem lag ein süßer, frischer Duft. *Blumen!*

Dann hörte er ein metallenes Klappern und Klingen und schaute sich um, es kam ihm vor, als ob aus der Ferne sein Name gerufen werden würde: »Cca-Ssimm, Cca-Ssimm, Cca-Ssimm«, ertönte es aus einem Tor zwischen den Häusern oberhalb der Straße, in die es ihn aufgrund des Gemenges getrieben hatte. Ihm fiel ein, dass er gar nicht wusste, wo genau Zephiro lebte. Also beschloss er, erstmal zu dem Haus zu gehen, aus dem die Geräusche zu kommen schienen.

Eine Frau mit faltigem Gesicht und blauem Kopftuch stand in einem kleinen Hof an einem Feuer, über dem ein Kessel dampfte. Offensichtlich eine Straßenküche, denn auf dem kleinen Platz standen zwei Holzbänke und ein langer, verwitterter Tisch. Zu Füßen der Frau hockte ein Kind mit breiverschmiertem Mund, das mit Töpfen und Blechtellern spielte. Mit einem Kochlöffel klopfte es auf ihnen herum und lallte dazu in einer geheimen Sprache.

Du hast mich also hierhergeholt, dachte Kassim, und er lachte das Mädchen an. Dann fragte er die Alte, ob sie einen Mann namens Zephiro kannte. Sie verneinte, aber sie habe einen Bekannten, der ganz in der Nähe wohne und über die Stadt und ihre Bewohner bestens Bescheid wisse. Er könne ihm sicher weiterhelfen. Sie nannte den Namen ihres Freundes und beschrieb den Weg zu seinem Haus.

Kassim bedankte sich und wollte sich gerade verabschieden, als er sah, dass ein Bein des Kindes seltsam verdreht war.

»Was hat das Kind?«, fragte er die Frau

»Es ist ein Geburtsgebrechen«, antwortete die Alte. »Sie kann das rechte Bein kaum bewegen und ohne die Krücken hier kann sie nicht gehen. Aber ich liebe meine Enkelin, wie sie ist.« Sie lächelte das Mädchen zärtlich an. »Sie ist einfach schön.«

»Das ist sie«, pflichtete Kassim bei und winkte dem Mädchen zu. Pfeifend verließ er die Straßenküche und beschloss, sich eine Gitarre zu kaufen.

Kassim schlug mit dem Türklopfer an die Holzpforte. Hier also lebte Zephiro. Er schaute an dem pfirsichfarbenen Gebäude hoch. Der Bekannte der Alten hatte die ruhige Gasse und das Haus genau beschrieben, vor dem er nun stand. Eine kleine Luke auf Augenhöhe öffnete sich.

»Wer da?«, erklang es. Es war die Stimme einer jungen Frau.

»Mein Name ist Kassim. Ich komme aus einem Bergdorf in der Nähe von Kadut und suche einen Mann namens Zephiro. Man hat mir diese Adresse gegeben.«

»Da bist du richtig«, ertönte es auf der anderen Seite der Tür und ein Riegel wurde zurückgeschoben. Kassim band Tebl an einen rostigen Eisenring, der an der Mauer hing, und trat ein.

Die Frau führte ihn in ein geräumiges Zimmer im ersten Obergeschoss, in dem ein Mann hinter einem breiten Schreibtisch saß und schrieb. Als Kassim Zephiro sah, erinnerte er sich plötzlich wieder genau an das Gesicht, das ihn als kleinen Jungen angestrahlt hatte. Er fand, dass es sich in all den Jahren kaum verändert hatte. Sein Bart und seine Haare waren noch immer voll und dunkel. Kassims Begleiterin verließ das Zimmer und Zephiro kam hinter seinem Pult hervor und breitete seine Arme aus.

»Kassim!«, sagte er mit erfreuter Stimme, und um seine Augen bildeten sich tiefe Falten wie Strahlen um die Sonne.

»Du erinnerst dich an mich?«, wunderte sich Kassim.

»Besser als du dich an mich, vermute ich. Du siehst deinem Großvater in jungen Jahren ähnlich. Die gleichen blauen Augen und der gleiche schwarze Schopf«, antwortete Zephiro, und aus seiner Brust ertönte das tiefe Lachen, das Kassim zuletzt vor Jahren in der Küche seines Großvaters gehört hatte.

»Wie ich sehe, hast du deinen Großvater zu Hause gelassen. Wie geht es meinem Freund?«, fragte Zephiro und blickte dann auf den linken Arm seines Gastes, der noch immer in einer Schlaufe ruhte. »Was ist mit deiner Hand?« Er nahm ihn an der Schulter. »Aber eins nach dem anderen. Du hast mir sicherlich viel zu erzählen. Nach deiner langen Reise musst du dich zuerst ausruhen. Bist du über die kurze Route gekommen?«

»Nein. Über das Fünfbrunnenkreuz und Jesole.«

Der Mann nickte und führte Kassim aus dem Arbeitszimmer in einen Salon mit deckenhohen Sprossenfenstern. Der Boden war ausgelegt mit der Sorte Berberteppiche, wie Kassim sie von Frère kannte. Auf ihnen standen zwei breite Diwane und ein Teetischchen. Durch eine zweite Tür erschien erneut die junge Frau. Auf einem Tablett trug sie ein Kännchen mit dampfendem Mokka, Tässchen aus hellblauem Glas und in einer Silberschale aufgehäuftem Zucker, der aussah wie ein kleiner Schneeberg. Der verführerische Kaffeeduft stieg Kassim in die Nase und er setzte sich erwartungsvoll auf eines der Liegesofas.

»Der wird unsere Lebensgeister wecken. Später stärken wir uns dann richtig. Martha ist eine unglaubliche Köchin, nach

dem Genuss ihrer Köstlichkeiten solltest du wieder bei Kräften sein«, kündigte Zephiro an und goss den dunklen Mokka in die Glastässchen. Kassim nahm einen Schluck und genoss die Wärme und das köstliche Röstaroma, das sich in seinem Mund entfaltete. Dann zog er die Ledermappe aus seiner Umhängetasche, in der er sie seit Jesole aufbewahrt hatte.

»Das hier soll ich dir von meinem Großvater geben«, sagte er und reichte die Tasche ihrem Besitzer. Er erklärte, wie es zu dem durchschnittenen Lederband gekommen war und dass es ihm leidtäte, dass der Inhalt gestohlen worden war.

Zephiro hörte zu, ohne ihn zu unterbrechen. Dann sah er Kassim liebevoll an. »Du hast ja wirklich einiges auf dich genommen, um zu mir zu gelangen. Lass uns dafür sogen, dass du auch richtig ankommst. Sicher hast du ein Reittier, das versorgt werden muss. Außerdem würde ich dir gerne mein Haus zeigen.«

Während sie Tebl in den kleinen Hof brachten und Zephiro eine Führung durch sein Haus gab, erzählte Kassim vom Leben in seinem Bergdorf. Besonders Zephiros Werkstatt hatte es Kassim angetan. Sie erinnerte ihn ein bisschen an Mehmets Scheune mit der Werkbank, nur dass diese Arbeitsstätte geräumiger war.

Nach dem kräftigen Mahl, das ihnen Martha zubereitet hatte, ging Zephiro mit dem Jungen auf den Balkon. Von hier aus hatten sie einen wunderbaren Blick auf ein Meer aus Rosen- und Hibiskusstöcken, das im Garten gedieh. Die Blüten und Knospen leuchteten in üppiger Pracht rot, gelb, weiß und rosa. Kassim atmete die warme, nach Nektar duftende Luft ein. »Jetzt verstehe ich, was mit *Blume der Wüste* gemeint ist«, sagte er.

»So ist es. Die Blüte der Rose ist das Wahrzeichen unserer Stadt«, erklärte Zephiro. »Dabei handelt es sich bei unseren Rosen um eine besondere Sorte. Die Kraft, aus der ihre Schönheit erwächst, sieht man nicht. Es ist nicht die äußere Pflege eines talentierten Gärtners, nein, es sind ihre starken Wurzeln. Auf der Suche nach Wasser müssen sie sich tief ins Erdreich graben.

Dabei stoßen sie auf verborgene Quellen. Erst dadurch erhält die Blume festen Stand, erblüht und kann uns mit ihrem Wohlgeruch erfreuen.« Er hielt inne und schaute den Jungen an. »Tausend Werke werden in der Welt vollbracht, das wahrhaft Große aber nur in der Seele. Es ist der einzige Ort, den es wahrhaft für unser Wirken gibt.«

Dann nahm er behutsam eine Rosenblüte und roch an ihr. »In den letzten Stunden hast du mir sehr viel von deinem Großvater und deiner Reise berichtet, aber bis jetzt hast du mich nicht gefragt, was in der Tasche war.«

Kassim nickte. »Das stimmt.«

»Willst du es nicht wissen?«

»Doch, natürlich. Ich wollte es die ganze Zeit wissen.« Nach einem kurzen Schweigen fügte er hinzu: »Jetzt warte ich, bis sie sich zeigt – die Antwort«

»Wie klug von dir«, sagte Zephiro »Wo hast du das gelernt?«

»Ich habe es nicht gelernt. Etwas in mir hat sich verändert.«

»Veränderung ist die Folge von wahrem Lernen. Manchmal ist ein einziger Augenblick alles, was nötig ist.« Der Edelsteinhändler schaute ihn eindringlich, aber freundlich an.

Er weiß Bescheid, dachte Kassim. *Über Gott. Und über mich.*

»Gut, dann verrate ich dir nun, was in der Tasche war«, sagte Zephiro nach einer Weile in die Stille hinein. »Nichts. Sie war leer.«

»Leer«, wiederholte Kassim ruhig und blickte sein Gegenüber an, dann lachten beide aus vollem Herzen. Als sie wieder zu Atem gekommen waren, sagte Kassim: »Ich habe selbst nie gesehen, wie es ist, wenn das Festland endet und das Meer beginnt. Abdelkader, mein Freund aus der Karawane, hat mir aber davon berichtet. Er erzählte mir, dass an manchen Stellen die Küste steil abbricht und dass sich dahinter der Ozean bis ins Unendliche erstreckt. Es kommt mir vor, als wäre es mit meinem Leben ebenso. Es ist, als würde ich an der Steilküste stehen und vor mir öffnet sich das weite Meer. Meine eigene Geschichte hat aufgehört – so wie das Festland. Wenn man vergisst, jemand sein zu wollen, und fühlt, dass man immer alles hat, was man braucht, dann gibt es nichts zu erreichen und nichts festzuhalten.« Er sah auf seine linke Hand und lächelte. »Es sieht aus, als hätte ich einen Weg zurückgelegt, aber in Wirklichkeit gibt es keine Schritte. Es ist immer nur das Jetzt.«

Zephiro nickte mit dem Kopf: »Du bist wahrhaftig deines Großvaters Enkel.«

Eine Schar Mauersegler glitt über dem Garten durch die Luft und Kassims Blick folgte ihrem kühnen Flug über die Dächer der Stadt. Dann schaute er in die klare Weite, zuerst nach Süden, dann nach Norden. Seine Bestimmung war es, frei zu sein und voller Frieden, das wusste er nun. Der Himmel war in ihm.

»Morgen werde ich auf den Basar gehen und für Zia einen schönen Seidenstoff kaufen. Oder ich erkunde zuerst Meside«, sagte er und lachte. »Ja, das könnte ich machen. Oder vielleicht etwas ganz anderes.«

WEERD

1. Auflage 2020

Verlag der Ideen, Dahlweg 68, 48153 Münster

www.weeerd.de
www.verlag-der-ideen.de

ISBN 978-3-942006-41-5

Lektorat, Covergestaltung und Satz: Jonas Dinkhoff
Korrektorat: Stephanie Jungnitz

Illustration: Sonja Müller-Späth

Druck und Weiterverarbeitung:
Balto Print, Vilnius, Litauen

Papier:
PERGRAPHICA® Ivory Rough 1.5 90 g/m^2
PERGRAPHICA® Natural Rough 300 g/m^2
www.mymondi.net

Auch als E-Book erhältlich: ISBN 978-3-942006-82-8